李小明 —— 著

回望白于山

HUIWANG BAIYU SHAN

黄河出版传媒集团
阳光出版社

图书在版编目（ＣＩＰ）数据

回望白于山 / 李小明著. -- 银川 : 阳光出版社，
2025. 4. -- ISBN 978-7-5525-7790-7（2025.7重印）

Ⅰ. I267

中国国家版本馆CIP数据核字第2025YN4784号

回望白于山

李小明　著

责任编辑　丁丽萍
封面设计　晨　皓
责任印制　岳建宁

出版发行　阳光出版社
地　　址　宁夏银川市北京东路139号出版大厦（750001）
网　　址　http://ssp.yrpubm.com
网上书店　http://shop129132959.taobao.com
电子信箱　yangguangchubanshe@163.com
邮购电话　0951-5047283
经　　销　全国新华书店
印刷装订　宁夏凤鸣彩印广告有限公司
印刷委托书号　（宁）2500785

开　　本　880 mm×1230 mm　1/32
印　　张　8.75
字　　数　180千字
版　　次　2025年4月第1版
印　　次　2025年7月第2次印刷
书　　号　ISBN 978-7-5525-7790-7
定　　价　62.00元

目 录

故乡情思

陕北四季

　　走过一座座山，翻过一道道岭，在那蓝天、白云、沟壑之间，一望无际的黄土高原千沟万壑，叠岭层峦。抬头望去，一排排红色的抽油机在山梁梁上不厌其烦地转动着硕大的轴轮，一座座笔直挺立的白色风力发电机在离天边不远的地方翻动着翅膀。低头俯视，一簇簇红格彤彤的山丹丹花、一梁梁白格生生的土豆花、一片片嫩格莹莹的荞麦花，就会展现在你的眼前。随着田间地头再往前走，那一曲曲荡气回肠的信天游就会把你带进这广袤的大陕北。

　　如今的陕北风光旖旎、景色迷人，它到底有多美？先来看看它的四季。

　　春天的陕北随着气温回升，山沟沟里的河冰开始融化，一段时间会伴有强劲的西北风。陕北的风不同于江南风的娇柔和细腻，也没有刘邦高歌"大风起兮云飞扬"的毫无羁绊，陕北的风是干涩的、寒冷的，它在黄土高原的沟沟峁峁上停留十天半月后，一场春雨便如期而至。

　　春雨过后，百草权舆。站在山顶眺望，远处，山峦含黛，层林尽染；邻近，柳絮摇曳，草长莺飞。这时候，你会发现漫山遍野的杏树、桃树绽放出灿烂多姿、清香宜人的花蕾。向阳的山坡上野花一朵朵、一串串、一片片，团团相依，簇簇拥抱。蜜蜂在花丛中嘤嘤嗡嗡地采蜜，催种的布谷鸟、衔泥的燕子、歌唱的百灵、觅食的麻雀、垒窝的喜鹊在田间树林放歌，就连圈里的羊儿和槽头上拴着的驴骡都忍不住想挣脱出去撒欢。如果你留意，就会发现在塬上、梁峁、涧地里，春耕的机械声、空中的哨鸽声、拉犁牲口的铃铛声、树林里野鸡的寻伴声、农院里的狗叫声热闹了整个黄土高原。

夏天的陕北，天是蓝格莹莹的净，云是白格生生的嫩，水是清格汪汪的纯，山是绿格油油的翠，假如你来转一转，就会发现到处绿树成荫、瓜果飘香。梯田里的玉米露出了淡红的细缨，川道上的土豆花恣意地盛开，梁峁上的糜谷沉甸甸地长着，鲜嫩的蔬菜将田地遮得严严实实，桃树杏树坠满了果实，西红柿打着灯笼，黄瓜爬满了绿藤，辣椒红得似火……成群的小蜜蜂低声哼着小曲儿，对对蝴蝶在金黄的菜花上翩翩起舞。

远处青山延绵，近处鸟语花香。你看那田间地头到农家场院的路上，有牲口驮的、牛车拉的、三轮车上载的都是金灿灿、沉甸甸的麦子。庄院里，小媳妇洗衣做饭哼着的小调声，山坡上驴驹撒欢的叫声，小狗吐着舌头的打鼾声，都给乡村增添了几分乐趣。

秋天的陕北是五彩缤纷、绚丽多彩的。行走在陕北的黄土高原上，有一种秋高气爽、心胸开阔的感觉。你看那沟沟壑壑、山山峁峁，都像是画布一般，画布上有多少种颜料，陕北的秋天就有多少种色彩。放眼望去，金灿灿的玉米、粉嘟嘟的荞麦、黄澄澄的糜谷、红彤彤的苹果、圆鼓鼓的枣儿，向人们"炫耀"着成熟的色彩。这是一场大自然精心策划的视觉盛宴，也是一个被秋肆意渲染得五彩斑斓的天堂。这种美，像一个从容优雅、风韵十足的陕北女子，娇艳美丽而又大方庄重，令人心旌摇曳。陕北的秋天就像是曹雪芹笔下"已觉秋窗秋不尽"的景，白居易"数树深红出浅黄"的叶，李商隐"初闻征雁已无蝉"的雁，杜牧"天淡云闲今古同"的云，杜甫"蓝水远从千涧落"的溪，王禹偁"万壑有声含晚籁"的风……秋天到这里游玩，可以说是一件非常惬意的事情，那优美的景色会让你心潮澎湃，流连忘返。

冬天的陕北是浑厚漫长的。秋去得早，春来得迟，从晚秋到早春，你所到之处都被严寒包裹着，当第一场西北风吹过后，陕北大地便一片萧条。这时，河床宽了，群山瘦了，树木苍凉了，黄土高原上的窑洞积木似的散落在半山腰。一场潇潇洒洒的小雪过后，极目远眺，那一道一道的山梁连在一起，又一层一层地向远方延伸。薄雪在阳光下闪着银白，薄雪下地里的玉米茬远远望去就像是陕北婆姨手工纳的鞋垫上细密的针脚。

农历的腊月一过，陕北人就进入年忙了，辛勤劳动一年的人们，把欢乐、希望全都寄予过年。男人们忙着杀猪宰羊、置办年货、祭祀先祖，婆姨们则碾米磨面、打扫庭院、准备茶饭。到了大年三十，家家张灯结彩，人人喜气洋洋。当除夕年夜饭一吃，待初一早上的饺子一上桌，陕北人便进入团圆喜气的正月了。整整一个月，人们都忙着走亲访友、谈婚论嫁，你看那庄里庄外，亲朋好友一聚，再附三两句祝福，酌一二两小酒，微醺中把幸福小曲儿一哼，个个洒脱快活似神仙。

如果你此时有空到村里转一转，你会看到村头锣鼓喧天的迎亲车辆，街道上热闹喧腾的秧歌队伍，庙会上画着五彩脸谱的戏剧场子，窑院里书匠怀抱三弦的说古道今，炕头上老汉手拿着烟斗笑容满面，这样的热闹场面一直会持续到正月底。

我爱陕北，爱陕北的四季，爱它莺飞草长、百花争艳的春天，也爱它林茂树绿、蛙声四起的夏天，更爱它瓜果飘香、色彩斑斓的秋天，还爱它冰封大地、雪压枝头的冬天。

春到陕北

　　春天的陕北，随着气温回升，河沟里的冰雪开始融化，几场西北风沿着毛乌素沙漠的边缘向着白于山区呼啸而过后，一场绵绵春雨便如期而至。

　　春雨飘飘洒洒，淅淅沥沥，滋润着大地和人心。春雨过后，春暖花开，草长莺飞，一片葱葱郁郁，生机勃勃的景象。

　　清晨，一团团如烟似雾的地气缓缓地升起，蛇一样地盘绕在半山腰中，太阳好像一个刚刚睡醒的婴儿一样，从东边的山梁上射出一束光，不一会儿在天边慢慢升起。晨曦中的地气朦朦胧胧像太上老君炼丹炉飘出来的氤氲，渐渐地钻进了沟渠，随着微风悄悄散去。

　　向阳的山坡上，一颗颗鲜嫩的草芽针尖似的钻出土层，又一片片地向外延伸。杨树、杏树、山桃树相继绽放着花蕾，一串挨着一串，一朵挤着一朵开满了枝头。漫山遍野的梭牛牛花、山丹丹花、牵牛花都睁开了眼，连成了片，汇成了海。在春风的摇曳中，仿佛少女在轻歌曼舞，楚楚动人。

　　背洼的沟渠里，几只土灰色红肚膛的山鸡从一簇野草中钻了出来，呆头呆脑地抖擞了几下潮湿的身子，朝着向阳的山洼里飞去，几只啃青的山羊把草丛里的一只野兔吓到够呛，向前一蹿，左一躲，右一闪，拼命地朝着山梁上逃去。

不远处的山梁上，两只黑褐色膘健骡子拉着一只明晃晃的铁犁，风尘仆仆，步调一致地并排走着。铁犁折射的亮光照得人睁不开眼睛，随着身后耕地人挥鞭的吆喝声，脚下的新土徐徐泛起，瞬间形成了深褐色，跟山梁上的土地形成了明显的对比。几只小鸟在捕捉刚从地里翻出来还未苏醒虫儿，一只贪玩的小狗匆忙地穿梭在田间地头，不时地去追赶它们。

村头上，一群麻雀儿滴溜着玛瑙似的小眼睛，站在泛着绿芽的树梢上不时地用小嘴去啄几下肚膛下的羽毛，一只黑白匀称、全身花纹的小猫箭一般地爬上了树，麻雀叽叽喳喳连飞带跃飘到另一棵树上。一只老母猪安然地躺在猪圈里，十几只棕的、白的、黑的，颜色各异的小猪崽趴在母猪的身上贪婪地吸着母猪的奶水。一只老母鸡"咯咯"地领着一群毛线蛋似的小鸡仔在到处寻食，树上正在垒窝的一只喜鹊儿，用羡慕的眼神表示抗议，叽叽喳喳地叫个不停，抗议无果后张开翅膀飞走了。

河沟里，清澈见底的小溪微风习习，波纹条条，七弯八拐地汇入到下游的小河里。小河宛如明镜一般，清晰地映出绿的树、红的花、蓝的天、白的云。河的两边，几株春意盎然的垂柳，长长的翠绿梢儿随风起舞，婀娜舞姿。两只白肚黑背驴儿时而相互轻轻地啃着对方的脖颈，时而悠闲地在地上打着滚，时而飞扬跋涉地撒着欢。

柔柔的一抹蔚蓝，悠悠的几朵白云，随着那一声声催种的布谷鸟儿的叫声，陕北的春不经意间已经来到了人们的眼前。

漫步定边盐湖畔

初春，漫步在定边七彩盐湖畔，旖旎湖光和满目春色交相辉映，处处是景，步步入画。

远远望去，湖内呈多个井田格分布，格内呈现出红、蓝、绿等多种色彩，一望无际的湖水在微风中波光粼粼，熠熠生辉；眼前大大小小的盐池，就像一块块颜色各异的宝石，均匀地镶嵌在陕北的黄土高原上。

走进盐湖观望，在蓝天白云的掩映下，天水之间蓝得纯净，蓝得深湛，蓝得恬雅，蓝得晶莹剔透。宛如一面面天镜，让你仿佛走进了梦幻中的天空之境，不知是湖面映出了蓝天，还是蓝天映出了湖面。

沿着盐湖中间的栈道向前走，湖的两边白茫茫的一片，随着风向西移动。空气中弥漫着一股咸咸的味道，仿佛身在海中遨游的小船一般，让人难以辨别方向。阳光直射在湖面上映出银色的光芒，热气腾腾，波光闪烁，犹如碧波万顷的海洋。

盐湖的周围地貌多样，水鸟云集，野鸭成群。或翔于湖面，或戏于水中，一阵微风吹过，湖面泛起了一层层涟漪，将湖面铺向远方，天水合一，分不清哪里是天哪里是水。

盐湖水颜色多变：背对太阳看它，湖水蓝中泛白，秀逸美丽；面对太阳看它，水面呈浅红色，宛若一杯美酒，令人心醉。水面那细细的波纹、时时泛起的波浪，仿佛在向人们诉说一个流传千古的传说。天空缥缈的白云，点缀在绿草丛中，给神奇的盐湖增添一种独特的风韵。细读它那清清的波纹，是超越尘寰的美。

蔚蓝色的湖水连着淡蓝色的天空，白云在上面变幻着各种图案。时而像一群可爱顽皮的孩子，开始追逐，开始嬉闹；时而像一群饥饿难耐的绵羊，挤出栅栏拼命地去抢吃草原的嫩草一般……这景让人浮想联翩，心旷神怡。

回望盐湖，透明的水纹随风一浪一浪推向岸边，轻缓的水声触动了心底的柔弱，不经意间便有了一份眷恋。漫步在盐湖的栈道上，一切都意犹未尽，被撕开的云端慢慢闭合。夕阳就躲在云层后面，微微透着红光，这里更加静谧、安详。

走进盐湖，远离喧嚣，风从面颊吹过，如姑娘撩起长长的秀发，在我心底有韵有味地晃动。我看到不远处的蓝天白云。这里不需要梦，不需要憧憬，只需要凝视，只需要融入，只需要忘身于世外。宽厚的情感一次次鼓动我的心膜，让我为眼前的绿波激动。

具有两千多年历史的定边盐湖，既是风景秀丽之处，又是盛产咸盐之处，这是大自然与人类孕育的结晶，当你漫步在盐沼的天地，浸没在纯白的世界，会彻底被这令人窒息般的美丽所折服。你会感受到世外桃源般的纯净与美丽。

白于山的春之变

　　白于山，横亘在陕北大地之上，宛如一条沉睡的巨龙。当春风拂过这片古老而神秘的土地，白于山从沉睡中苏醒。曾经，白于山在人们的记忆中是那般荒凉与贫瘠。那时候，白于山光秃秃的，很少有树木生长，每逢春天，大黄风的吼声响彻山谷。

　　过去的白于山，春天的景象是令人心生悲凉的。狂风肆虐，飞沙走石，天地间一片混沌。黄风像一头发怒的巨兽，呼啸着席卷大地，所到之处，尘土飞扬。那风声，犹如千军万马奔腾而过，又似鬼哭狼嚎，让人胆战心惊。风中夹杂着沙砾，打在脸上生疼。放眼望去，山上几乎没有绿色，只有零星的几株枯草在狂风中颤抖，仿佛在向命运苦苦抗争。

　　行走在这样的春天，人们需要用毛巾把整个头部包裹得严严实实，只露出两只眼睛，即便如此，嘴里、鼻子里还是会钻进沙尘。土地也是干燥的，干裂的缝隙如同大地的伤口，难以愈合。由于缺少树木的涵养，水源稀缺，小溪干涸，河水流淌得断断续续。田间的麦苗在狂风中艰难地挺立着，但往往会被风沙摧残得东倒西歪，让人心疼不已。

在那艰苦的岁月里，白于山的春天似乎总是被遗忘的季节。人们在这片土地上辛勤劳作，却收获甚微。孩子们渴望着绿色，渴望着春天的温柔，但白于山给予他们的，更多是严酷的考验和生存的挑战。

然而，时光流转，岁月变迁，白于山迎来了新的转机。在国家生态文明建设的大力推动下，人们开始意识到，要改变白于山的命运，就必须让它披上绿装。于是，一场轰轰烈烈的植树造林运动展开了。

世世代代生活在黄土地上的人民投身到这场绿色革命中。他们扛着树苗，背着水桶，一步一个脚印地攀爬在陡峭的山坡上。挖坑、栽种、浇水，每一个步骤都饱含着汗水和希望。起初，树苗的成活率很低，许多刚种下的树苗在狂风和干旱中夭折。但人们没有气馁，他们不断总结经验，改进种植方法，从选择适应本地气候的树种，到采用科学的灌溉技术，每一个环节都精心对待。

年复一年，白于山逐渐有了变化。那些曾经在风中颤抖的小树苗，慢慢长大，扎下了根。它们手挽着手，肩并着肩，共同抵御着狂风的侵袭。绿色，开始在山坡上蔓延，一点一点地，连成了片。

如今的白于山，春天的景象已截然不同。当春风再次拂过，不再是大黄风的怒吼，而是轻柔的抚摸。风中带着泥土的清香和草木的芬芳，让人陶醉。山上的树木郁郁葱葱，新绿的叶子在阳光的照耀下闪烁着生命的光芒。草丛中，不知名的野花竞相绽放，五彩斑斓，宛如大地的调色盘。

山间的小溪恢复了生机，溪水潺潺流淌，清澈见底。田野里，麦苗茁壮成长，绿油油的一片，像是给大地铺上了绿色的地毯。微风拂过，麦浪翻滚，传来沙沙的声响，仿佛在诉说着丰收的希望。

春天的白于山，成了鸟儿的乐园。各种鸟儿在枝头欢快地歌唱，它们呼朋引伴，用美妙的歌声赞美着这片新生的土地。蓝天白云下，白于山宛如一幅美丽的画卷，展现勃勃的生机与活力。曾经被风沙掩盖的梦想，如今在这片绿色的土地上重新绽放。

白于山的春天，是大自然的恩赐，更是人们不懈努力的成果。它见证了人类与自然的和谐共生，也让我们明白，只要有坚定的信念和持之以恒的行动，就能让荒芜变得繁茂，让绝望孕育出希望。

当我们再次回望过去，对比白于山曾经的荒芜与如今的繁荣，心中涌起的不仅仅是对自然力量的敬畏，更是对人类坚韧品格的自豪。曾经，春天对于白于山的人们来说，是漫长的等待和无尽的期盼；而现在，春天是满满的希望和触手可及的幸福。

在白于山的春天里漫步，感受着微风的轻拂，聆听着鸟儿的欢歌，仿佛能听到树木生长的声音，那是生命的律动，是大自然的心跳。每一片绿叶，每一朵鲜花，都是对白于山新生的见证。

春天的白于山，也吸引了众多游客前来踏青。他们被这里独特的自然风光所吸引，为这片土地的变化而惊叹。游客的到来，为当地带来了新的发展机遇，农家乐、特色农产品等产业逐渐兴起，居民的生活越来越富裕。

而这一切的变化，不仅仅是环境的改善，更是人们心灵的洗礼。在与自然的抗争和融合中，人们学会了尊重自然、顺应自然，更加懂得珍惜来之不易的美好。白于山的春天，教会了我们坚持的力量，让我们相信，只要心中有梦，只要愿意付出，再贫瘠的土地也能开出绚丽的花朵。

随着生态文明建设的不断推进，白于山的生态系统将更加完善，生物多样性也将更加丰富。或许在不久的将来，我们能看到更多珍稀的动物在这里安家落户，与人类共享这片美丽的家园。

白于山的春之变，是一个传奇，也是一个启示。相信在未来的日子里，白于山的春天将继续书写着属于它的辉煌篇章，成为陕北大地的一颗璀璨明珠，闪耀着人与自然和谐共处的光辉。而我们，将永远铭记白于山的过去，珍惜它的现在，期待它更加美好的未来。

秋天的白于山

在陕北的黄土高原上，白于山如同一座沉睡的巨人，静静地守护着这片黄土地上的人民与万物。秋风起时，它仿佛被唤醒了沉睡的灵魂，披上了一袭金黄与深褐交织的华服，迎来了一年中最丰盈、最温暖的季节——秋收。

九月的风，带着几分凉意，几分清爽，轻轻掠过白于山的每一寸肌肤，唤醒了沉睡一夏的田野。山脚下，那条蜿蜒曲折的小河似乎也感受到了季节的更迭，水流更加潺潺，仿佛在诉说着丰收的喜悦。山上的树木，由绿转黄，再由黄渐红，层林尽染，如同调色盘上的颜料被随意挥洒，却又恰到好处地勾勒出一幅幅动人心魄的秋日风景画。

此时的白于山，不再是夏日里那片郁郁葱葱、生机勃勃的模样，而是披上了一层金黄色的外衣，显得格外庄重而温暖。山脚下，一片片梯田错落有致，金黄色的玉米穗子低垂着头，仿佛在向大地母亲致以最深的敬意；高粱则挺直了腰杆，火红一片，像是燃烧的火焰，照亮了农民眼中的希望之光。

随着第一缕晨光的破晓，白于山下的小村庄渐渐苏醒。

家家户户的炊烟袅袅升起，与远处的山岚交织在一起，构成了一幅温馨和谐的画面。男人们拿起镰刀，女人们挎着箩筐，孩子们也兴奋地跟在后面，一家人浩浩荡荡地向田间进发，开始了忙碌而又充满期待的秋收之旅。

"咔嚓、咔嚓"，镰刀割断秸秆的声音此起彼伏，这是秋收最动听的乐章。汗水顺着农民的脸颊滑落，滴落在泥土中，却滋养了来年的希望。他们的脸上洋溢着满足与幸福的笑容，那是对土地最深沉的爱，也是对辛勤耕耘最好的回报。

在这片希望的田野上，不时传来欢声笑语。邻居们相互帮忙，你割我家的玉米，我摘你家的苹果，这份淳朴的乡情，如同这秋日的阳光，温暖而明亮。孩子们则在田埂上追逐嬉戏，偶尔捡起几个遗落的果实，便能让他们欢呼雀跃，仿佛整个世界都充满了甜蜜与快乐。

秋天的自于山，是从土豆地里翻涌出的第一缕泥土香开始的。清晨，当第一缕阳光穿透薄雾，照耀在这片沟壑纵横的土地上时，勤劳的陕北人便踏着露水，肩扛锄头，手提箩筐，走进了那片承载着希望与汗水的土豆田。土豆是陕北人的命根子，在这片贫瘠的土地上，奇迹般地生长着。它们不像南方的稻米那样温柔细腻，也不像北方的麦子那样挺拔高傲，却以独有的坚韧和朴实，滋养了一代又一代的陕北儿女。秋日的土豆，个个圆润饱满，外皮沾满了泥土的芬芳，仿佛是大自然最质朴的馈赠。随着锄头一次次有力地落下，一个个土豆便迫不及待地跳出地面，滚落在泥土中，发出"咚咚"

的声响，那是收获的信号，也是喜悦的乐章。

当土豆的丰收渐渐接近尾声，荞麦地又成了白于山秋日的另一道亮丽风景线。不同于土豆的深藏不露，荞麦以一种更为张扬的姿态宣告着它的存在。一片片荞麦田，如同紫红色的海洋，在秋风的吹拂下，泛起层层波浪，又似是大地的裙摆，轻轻摇曳，诉说着丰收的喜悦。

随着季节的更迭，荞麦由绿转红，再渐渐变为深紫，那是一种成熟的颜色，也是一种收获的信号。秋风中，荞麦轻轻摇曳，仿佛在低语，邀请着人们前来收割。人们手持镰刀，穿梭在荞麦田间，一刀一刀，割下的是沉甸甸的收获，也是对未来的希望。收割后的荞麦，经过晾晒、脱粒，最终变成了一粒粒饱满的籽粒。它们将被磨成荞麦面，制作成各式各样的美食，如荞面凉粉、荞面饸饹、酸汤剁荞面等，成为陕北人餐桌上不可或缺的美味。这些看似简单的食物，却蕴含着陕北人对生活的热爱与坚持。

在白于山的秋收画卷中，糜子以其独特的金黄色彩，占据了不可或缺的一席之地。糜子，这种古老而朴素的作物，在陕北的土地上生生不息，见证了岁月的变迁与人世的沧桑。

秋天，是糜子成熟的季节。站在高处眺望，一片片糜子田仿佛被金色的阳光染过，闪烁着耀眼的光芒。沉甸甸的糜子穗低垂着头，仿佛在向大地母亲致以最深的敬意。人们手持镰刀，小心翼翼地收割着这来之不易的粮食，每割一刀，都是对土地的一次深情告白。糜子收获后，经过一系列的加工，最终变成了香喷喷的糜子饭。在陕北的农村，糜子饭是家家户户餐桌上的常客。它软糯香甜，营养丰富，是陕北人抵御严寒、补充体力的佳品。每当夜幕降临，一家人围坐在一起，品尝着热腾腾的糜子饭，那份温馨与满足，是任何山珍海味都无法比拟的。

如果说土豆、荞麦、糜子是白于山秋收的主角，那么谷子便是那不可或缺的配角。它虽不如前三者那般引人注目，却以它那谦逊的姿态，默默地为这片土地贡献着自己的力量。

谷子，这种古老的作物，在陕北的土地上已经生长了数千年。它耐旱耐寒，生命力顽强，即使在贫瘠的土地上也能茁壮成长。秋天，是谷子成熟的季节。一片片谷子田，在秋风的吹拂下，发出沙沙的响声，那是谷子在低声吟唱，诉说着丰收的喜悦。收割后的谷子，经过晾晒、脱粒、去壳，最终变成了金黄色的米粒。这些米粒将被储存起来，成为陕北人冬季的重要口粮。无论是煮粥还是蒸饭，谷子都以其独特的口感和香气，赢得了人们的喜爱。在寒冷的冬日里，一碗热腾腾的小米粥，不仅暖身更暖心，让人感受到了家的温暖与幸福。

随着土豆、荞麦、糜子、谷子等作物的相继收割完毕，白于山的秋收也缓缓落下了帷幕。然而，这并不意味着结束，而是另一个开始。人们忙碌的身影并未停歇，他们开始整理田地，为来年的播种做准备。同时，他们也会将一部分收获的粮食进行加工储存，以备不时之需。

在这个收获的季节里，陕北人不仅收获了粮食，更收获了希望与梦想。他们相信，只要勤劳肯干，这片黄土地就会给予他们无尽的回报。而白于山，也将继续以它那宽广的胸怀，守护着这片土地上的子民与万物，见证着一个又一个秋收的轮回。

秋天的白于山，是一幅绚丽多彩的画卷，也是一首悠扬动听的乐章。它用土豆的醇厚、荞麦的轻盈、糜子的金黄、谷子的低吟，共同编织了一个关于收获、关于希望、关于梦想的故事。这个故事，将永远镌刻在陕北人的心中，成为他们前行的动力与信仰。

白于山的月亮

　　我是在白于山里长大的。童年，白于山的日子简单又纯粹，那时候的天空湛蓝如宝石，云朵像棉花糖般飘浮着。山上的风总是带着泥土和青草的气息，轻轻拂过我的脸庞。在这片广袤的土地上，我度过了无忧无虑的童年时光。

　　每当夜幕降临，白于山的月亮便悄悄爬上了天空。那月亮又大又圆，宛如一个洁白的玉盘，悬挂在深蓝色的天幕上。月光如水般洒在山间，给整个白于山蒙上了一层神秘的银纱。山峦、沟壑、树木，都在月光下清晰可见，仿佛一幅宁静而美丽的水墨画。

　　我总是喜欢在这样的夜晚，躺在院子里停放的架子车上，仰望着那轮明月。月光照亮了我的脸庞，我能清晰地看到架子车上自己的影子。周围的一切都变得那么安静，只有草丛中的虫鸣声和偶尔传来的羊叫声。我会陷入无尽的遐想之中，想象着月亮上是否真的有嫦娥和玉兔，想象着那遥远的天宫是怎样的一番景象。

　　有时候，爷爷会在这样的夜晚给我讲那些古老的故事。

他坐在我身边，抽着旱烟，那一闪一闪的烟火在月光下显得格外温暖。爷爷的声音低沉而沙哑，他讲述着牛郎织女的爱情，讲述着盘古开天辟地的神话，那些故事在月光的映衬下，显得更加生动和迷人。我听得入了神，眼睛一眨不眨地盯着爷爷，仿佛自己也走进了那个神奇的世界。

白于山的月亮见证了我的成长。在那些月光如水的夜晚，我学会了思考，学会了憧憬未来。那时候的我，并不知道未来的路会有多么艰难，但那轮明月给了我勇气和力量。

随着岁月的流逝，我渐渐长大，离开了白于山，去了县城工作和生活。城市的夜晚灯火辉煌，却没有白于山那清澈的月光。我常常在忙碌的工作和生活中，怀念起家乡的那轮月亮。每当心情烦闷的时候，我就会抬头看看天空，想象着那轮明月正照耀着白于山，照耀着我的亲人和邻居们，心中便会感到一丝慰藉。

如今，每当逢年过节或是闲暇时间，我都会回到白于山的老家。当夜幕降临，月亮再次升起的时候，我的心中充满了激动和喜悦。那轮月亮还是那么熟悉，它依然是白于山的灵魂，是我们心中永远的牵挂。

月光下，我仿佛看到了小时候的自己，在山坡上奔跑着，欢笑着，追逐着那片银色的光芒。每当我回到白于山，看到那轮明月，所有的疲惫和烦恼都会瞬间消散。这里是我的根，是我心灵的避风港。

在城市里，我看到的月亮总是被高楼大厦遮挡，显得那么遥远和模糊。而在白于山，月亮就像是一位亲密的朋友，近在咫尺，触手可及。它的光芒洒在山间的小溪上，溪水便闪烁着银色的波光，仿佛一条流动的银河。

我沿着门前的几棵杏树散步，鸟儿在枝头栖息，偶尔发出几声清脆的鸣叫。微风吹过，树叶沙沙作响，仿佛在演奏一首轻柔的摇篮曲。月光透过树叶的缝隙，洒下斑驳的光影，像是大自然的画笔在地上随意挥洒的画作。

夜渐渐深了，我走进那熟悉的窑洞里，躺在炕上，透过窗户看着那轮明月。月光如水，静静地流淌在我的心间。在这温柔的月光中，我渐渐进入了梦乡。

在梦里，我又回到了白于山，和小伙伴们一起在月光下嬉戏玩耍。我们追逐着月亮的影子，笑声在山间回荡。那是我最美好的回忆，也是我心中永远的珍藏。

当清晨的第一缕阳光洒在白于山，我从睡梦中醒来。推开窗户，清新的空气扑面而来，让人精神抖擞。远处的沟壑在阳光的照耀下显得更加雄伟壮观，山上的树木郁郁葱葱，充满了活力。

在回白于山老家的日子里，我每天都会去山上走走。有时候，我会遇到村里的长辈们，他们依然勤劳地在田间劳作，脸上洋溢着朴实的笑容。我会和他们打招呼，听他们讲述村里的新鲜事和过往的故事。

有一天，我遇到了儿时的玩伴。多年不见，他已经变得成熟稳重。我们坐在山坡上，回忆着小时候的点点滴滴，感慨着时光的飞逝。他说，他准备在村里搞养殖，带领大家一起致富。看着他坚定的眼神，我为他感到骄傲。

　　傍晚时分，我站在山顶，俯瞰着整个白于山。夕阳的余晖将天空染成了橙红色，与皎洁的月光交相辉映。这美丽的景色让我陶醉，也让我对这片土地的热爱更加深沉。

　　时光流转，岁月变迁。白于山在不断发展变化，我相信，无论时光如何流转，无论世事如何变迁，白于山的月亮都会在那里，永远散发着温暖而迷人的光芒。

回望白于山

在陕北有一座山，它不似华山之险峻，亦无泰山之巍峨，却以它独有的坚韧与质朴，静静地诉说着千年的风霜与故事。这座山，便是白于山，一个名字里就蕴含着无尽苍凉与希望的地方。

我出生在一个被白于山温柔环抱的小城，我的童年是在这里度过的，那里的一山一水、一草一木，都深深烙印在我的记忆之中。每当夕阳西下，金色的阳光洒满山峦，我便会和小伙伴们爬上村后的山坡，坐在山顶上，望着那连绵起伏的山脉，心中充满了对未知世界的好奇与向往。那时的我，并不知道这座山背后隐藏着多少故事，只知道它是我成长的背景，是我心中永恒的依靠。

白于山，一个听起来就带着几分粗犷与豪迈的名字，它横亘在陕甘宁三省交界处，如同一道天然的屏障，守护着这片土地上的子民。它并不高，却连绵不绝，远远望去，层层叠叠的黄土坡仿佛是大自然随意挥洒的画卷，既粗犷又细腻。春日里，山脚下的桃花、杏花竞相开放，与远处苍茫的黄土形成鲜明对比，生机盎然；夏日，绿意渐浓，山间的沟壑间偶尔传来几声牛羊的哞咩，宁静而悠远；秋风起时，满山的树叶由绿转黄，再转为火红，宛如一幅绚烂的油画；冬日，白雪覆盖，白于山又披上了一层银装，更显庄重与神秘。

白于山，不仅仅是一座山，它是陕北人的精神图腾，是这片土地上世代相传的信仰与力量。然而，白于山下的生活并非总是那么一帆风顺。干旱、风沙、贫困，这些字眼曾无数次地困扰着这片土地和这里的人们。但正是这些苦难，铸就了这里的人民坚韧不拔、自强不息的精神。他们用自己的双手，在贫瘠的黄土地上创造了一个又一个奇迹，让这片土地焕发出了新的生机与活力。

白于山，不仅是一座自然之山，更是一座文化之山。在这片土地上，信天游、安塞腰鼓、陕北说书等民间艺术如同璀璨的明珠，闪耀着独特的光芒。它们如同一条条细流，汇聚成陕北文化的海洋。从信天游那高亢悠远的歌声中，我们可以感受到陕北人对生活的热爱与向往；从那粗犷豪放的安塞腰鼓中，我们能体会到陕北人骨子里的倔强与不屈。这些文化符号，早已深深融入了陕北人的血脉之中，成为他们身份的象征与精神的寄托。每当夜幕降临，或是农闲时节，人们便会聚集在一起，或高歌一曲信天游，抒发内心的情感；或擂响腰鼓，跳出对生活的热爱与向往；或围坐一圈，听老艺人讲述那些古老而又传奇的故事。这些文化活动，不仅丰富了陕北人民的精神生活，更让白于山下的这片土地充满了生机与活力。

　　白于山，不仅是一座山，更是一部活生生的历史书。它见证了陕北人民的勤劳与智慧，见证了这片土地上的兴衰更替。在漫长的历史长河中，白于山下的百姓们，用他们的双手，在这片贫瘠的黄土地上创造了一个又一个奇迹。从古老的窑洞到现代化的村庄，从简陋的农具到先进的农业机械，每一点进步，都凝聚着陕北人民的汗水与希望。此外，白于山还是革命老区的一部分，这里留下了许多革命先烈的足迹与故事。在那个烽火连天的年代，无数陕北儿女为了民族的独立与解放，前赴后继，英勇奋斗，用鲜血和生命谱写了一曲曲壮丽的凯歌。如今，当我们站在这片曾经洒满热血的土地上，心中不禁会涌起一股莫名的感动与敬仰。

　　随着时代的变迁，白于山也在悄然发生着变化。新能源的开发利用，为这片土地带来了新的发展机遇。风力发电、太阳能光伏等新能源项目相继落户，为当地的经济转型和绿色发展注入了新的活力。同时，乡村旅游的兴起，也让更多的人开始关注并走进这片神秘而美丽的土地。游客们在这里体验农家生活，品尝地道美食，感受陕北文化的独特魅力，也为当地的经济发展带来了新的增长点。同时，依托丰富的自然资源和独特的地理位置，白于山区还大力发展特色农业和乡村旅游。苹果、红枣、小米等农产品远销全国，吸引了众多游客前来观光体验。人们在这里不仅可以品尝到地道的陕北美食，还能亲身感受到这片土地上的历史与文化，体验到别样的乡村风情。

回望过去，白于山下的岁月如同一首悠长的歌，唱出了陕北人的坚韧与希望；如今，在陕北流传着许多关于白于山的歌谣，它们或激昂高亢，或婉转低回，每一句都饱含着陕北人对这片土地的深情厚谊。每当夜深人静时，我总爱独自坐在窗前，聆听那些遥远而又熟悉的旋律。它们如同穿越时空的信使，将我带回那个纯真而又美好的年代，让我再次感受到白于山的温暖与力量。

"白于山高，黄河长，陕北的汉子响当当……"这不仅仅是一首歌谣，更是陕北人精神的真实写照。他们像白于山一样，虽历经风雨，却始终屹立不倒；他们像黄河一样，虽波涛汹涌，却勇往直前。

白于山下的岁月，是缓慢的，也是充实的。祖祖辈辈生活在这里的人们，日出而作，日落而息，遵循着千百年来不变的农耕生活。春种秋收，夏耘冬藏，每一粒粮食都凝聚着他们的汗水与希望。记得爷爷曾告诉我，在那个物资匮乏的年代，白于山就是他们的生命之源。干旱缺水，土地贫瘠，但陕北人从未向命运低头。他们挖窑洞、修梯田，用勤劳的双手在这片黄土地上创造出了奇迹。每当夜幕降临，万籁俱寂之时，那些散落在山谷间的点点灯火，便是陕北人不屈不挠、勇往直前的最好证明。

白于山下的岁月长歌，将永远回荡在我的心间。如今，当我再次站在白于山脚下，望着那连绵起伏的山脉，心中不禁涌起一股莫名的感动。我知道，无论岁月如何变迁，白于山都将永远屹立在那里，守护着这片土地上的每一个生命，见证着陕北的繁荣与昌盛。让我们以白于山为鉴，不忘初心，砥砺前行，在追求美好生活的道路上，不断创造新的奇迹，让陕北的明天更加灿烂辉煌！

白于山的冬

　　白于山的冬天，是一幅冷峻而又梦幻的画卷。当寒风携着雪花席卷而来，这片土地仿佛被大自然施了魔法，一切都变得寂静而神秘。

　　当寒风裹挟着第一片雪花飘然而至，白于山便悄然换上了冬装。人们行走在这片土地上，两只手一直交换地捂着耳朵，试图阻挡那如刀割般的寒意。四周的白光刺着眼睛，让人只能眯着睁不开。仿佛天把石头冻硬了，冷得没有一丝生气。有人瞅着一个小石块踢一脚，石块没有踢出去，脚却被弹了回来，痛得"哎哟"一声。这便是白于山冬天的下马威，它用这种独特的方式告诫着人们，在这里，冬天是不可冒犯的王者。

　　雪，是白于山冬天的主角。纷纷扬扬的雪花，如同被吹散的蒲公英，轻盈地从天空飘落。雪下在了山里和城市的道路上，给整个世界带来了一片洁白的静谧。城市里的雪，总是在喧嚣中被匆匆践踏，失去了原本的纯净。而在白于山，雪能够安然地沉睡，不受丝毫打扰。山峦、沟壑、树木、房屋，都被雪温柔地覆盖，像是被盖上了一层厚厚的棉被。

一只狗在雪地里欢快地奔跑着，它那白茸茸的毛团儿与雪地融为一体，只留下一串活泼的脚印。

窑洞，是白于山人家的温暖港湾。在窑洞前，厚厚的积雪吞没了门槛，只有那扇老旧的木门透出些许烟火气息。走进窑洞，便能感受到一股浓浓的暖意。窑洞内的土炕热得滚烫，一家人围坐在炕上，嗑着瓜子，唠着家常。窗户上的冰花像是大自然的巧手绘制的艺术品，有的像森林，有的像山川，有的像人物，形态各异，美轮美奂。孩子们总是忍不住用手指在冰花上涂鸦，然后看着自己的"杰作"咯咯直笑。

羊圈里的羊儿们紧紧地挤在一起，互相取暖。它们身上的羊毛也落满了雪花，远远看去，就像一个个移动的雪球。一个穿着厚重的棉袄的老者，拿着草料走进羊圈，羊儿们立刻簇拥过来，咩咩地叫着，仿佛在诉说着对食物的渴望。

牛棚里的老牛则显得更加沉稳，它安静地卧在那里，咀嚼着反刍的食物。雪花落在它的背上，瞬间便融化了，留下一道道晶莹的水珠。牛的眼睛里透着温和与安详，似乎在思考着什么。也许它在回忆着曾经在田野里劳作的时光，也许它在期待着春天的到来，那时它又可以在广袤的土地上耕耘。

走出窑洞，寒风扑面而来，让人忍不住打了个寒颤。但眼前的雪景却让人陶醉其中，无法自拔。山上的树木早已落光了叶子，只剩下光秃秃的树枝，在寒风中颤抖着。然而，树枝上挂满了晶莹剔透的冰挂，有的像利剑，有的像银条，在阳光的照耀下闪闪发光，美不胜收。

山脚下的小河也结了冰，冰面像一面镜子，反射着天空和周围的山峦。孩子们在冰面上嬉戏玩耍，有的滑冰，有的打雪仗，欢声笑语回荡在整个山谷。偶尔有几个调皮的孩子会故意在冰面上跺脚，试图打破这厚厚的冰层，但往往只是徒劳，反而会让自己摔个屁股蹲儿，引得大家哄堂大笑。

在白于山的冬天，最让人期待的莫过于一场大雪过后的日出。当清晨的第一缕阳光洒在雪地上，整个世界都被染成了金黄色。雪山、树木、村庄都沐浴在这温暖的阳光中，仿佛披上了一层金色的纱衣。此时的白于山，宛如一位刚刚苏醒的睡美人，美丽而又娇羞。

而那些在雪地里忙碌的身影，更是为这冬日的画卷增添了一抹生机与活力。人们早早地起来，清扫着自家院子里的积雪。虽然冬天的寒冷让人感到不适，但人们心中却充满了对生活的希望和期待。因为他们知道，冬天的蛰伏是为了春天更好地播种，只有经历了寒冬的洗礼，才能迎来丰收的喜悦。

白于山的冬天，虽然寒冷，但充满了温暖和希望。这里的人们用他们的坚韧和乐观，抵御着严寒，守护着这片土地。他们在这片冰天雪地中，演绎着属于自己的精彩故事，让白于山的冬天变得不再寂寞和单调。

夜幕降临，白于山陷入了一片寂静之中。雪地上的月光格外明亮，将整个世界照得如同白昼。繁星点点，闪烁在浩瀚的夜空中，与地上的白雪相互辉映，构成了一幅如梦如幻的星空雪景图。此时的白于山，仿佛进入了一个童话世界，让人陶醉，让人留恋。

在这宁静的夜晚，一家人围坐在火炉旁感慨着生活的变迁。火焰跳跃着，映红了每个人的脸庞。窗外的寒风依旧呼啸着，但屋内的温暖却让人忘却了寒冷。孩子们听得入神，眼睛里闪烁着好奇的光芒。

随着夜的加深，人们渐渐进入了梦乡。白于山也在这沉睡中等待着黎明的到来，等待着春天的脚步声。当春风再次吹过这片土地，白于山将焕发出新的生机与活力，迎接又一个四季的轮回。

在白于山的冬日里，时间仿佛变得很慢，人们可以静下心来，感受大自然的魅力，品味生活的真谛。这里没有城市的喧嚣和繁华，只有那份最纯粹、最质朴的宁静与美好。或许，这就是白于山冬天的魅力所在，让人流连忘返，让心找到了归属。

清晨，当第一声鸡鸣打破了寂静，白于山又迎来了新的一天。炊烟袅袅升起，在雪后的空气中弥漫着温暖的气息。人们开始了一天的忙碌，为了生活，为了未来。

村里的老人们坐在门前的碾畔上，晒着太阳，谈论着家长里短。他们的脸上刻满了岁月的痕迹，但眼神中却透露出一种坚定和从容。对于他们来说，白于山的冬天是一种习惯，是一种生活的节奏，他们在这片土地上度过了一生，见证了无数个寒冬的过去，也期待着每一个春天的到来。年轻人则充满了朝气和活力,他们在雪地里奔跑、玩耍,展现着青春的风采。有的则趁着农闲时节,学习新的技能,为未来的发展做准备。白于山的冬天虽然寒冷,但无法阻挡他们追求梦想的脚步。

在白于山的深处,有一座古老的寺庙。寺庙的红墙在白雪的映衬下显得格外醒目。每逢冬日,寺庙里的香火依然旺盛,人们纷纷前来祈福,希望在新的一年里能够平安顺遂。

冬天的白于山,也是美食的天堂。家家户户都会准备丰富的食物抵御寒冷。热气腾腾的炖羊肉、香喷喷的油馍馍、香甜的黄酒,让人们的味蕾在寒冷的冬日里得到了极大的满足。一家人围坐在一起,品尝着美食,分享着快乐,幸福的笑容洋溢在每个人的脸上。

随着春节的临近,白于山的氛围变得更加热闹。人们开始忙着置办年货,贴春联,挂灯笼。红红的灯笼在雪地里格外喜庆,给整个村庄增添了浓浓的年味。孩子们穿上新衣,拿着鞭炮,在雪地里欢快地奔跑着,他们的笑声传遍了整个山谷。除夕夜,烟花在夜空中绽放,照亮了白于山的夜空。一家人团聚在一起,吃着年夜饭,看着春晚,享受着这难得的团圆时刻。在这一刻,所有的寒冷和疲惫都烟消云散,留下的只有温馨和幸福。

春节过后,白于山的春天也不远了。虽然积雪还未完全融化,但大地已经开始苏醒。在那冰雪覆盖的下面,生命正在悄然孕育。不久的将来,春风会吹绿这片土地,带来新的希望和生机。

　　白于山的冬天，是一首宁静的诗，是一幅美丽的画，是一段温暖的记忆。它让人们感受到了大自然的伟大和生命的顽强，也让人们更加珍惜身边的美好和温暖。在这片神奇的土地上，冬天的故事还在继续，等待着更多的人去聆听，去感受。

你好，定边

　　定边，位于陕西省西北部、陕甘宁蒙四省区交界处，地处鄂尔多斯草原向陕北黄土高原过渡地带，素有"旱码头"和"三秦要塞"之称，是陕西一颗璀璨的"塞上明珠"。

　　这是一块神奇的土地，特殊的地理环境，使得边塞文化、黄土文化与草原游牧文化在这里汇聚交融，形成了许多独特的自然与人文景观。在广袤的定边大地，不仅有丰富的油气资源，而且"风光"资源得天独厚。作为"西北前列、陕西第一"的新能源产业示范县，近年来，定边县按照风光"两个一百万千瓦"建设规划，先后启动了风电、光伏发电项目的招引工作，如今已有多家不同种类的光伏企业正式入驻。"绿色发展，发展惠民。定边新能源产业能够在较短时间内实现从无到有、从小变大、从弱变强，由起步到规模化再到集团化的跨越，就在于对绿色发展理念一系列要求的严格践行。"

　　定边风光旖旎，景色迷人。这世间的美有很多种，或让人惊叹，或让人留恋，但是定边的美却是那种令人如痴如醉的梦幻境界。夏天，驱车行驶在定边广阔的土地上，天是蓝格茵茵的净，云是白格生生的嫩，水是清格汪汪纯，山是绿格油油翠，梯田里的玉米露出了淡红的细缨，川道上的土豆花恣意绚烂地盛开，梁峁上的糜谷沉甸甸长着，茂盛鲜嫩的蔬菜把田地遮得严严实实，一排排红色的抽油机在山梁梁上不厌其烦地转动着硕大的轴轮，一座座笔直挺立的白色风力发电机在离天边边不远的地方翻动着翅膀，一块块太阳能光伏电板像一面明晃晃的大镜子，闪耀着无限的光芒，一堆堆晶莹剔透雪白色的盐堆在一起，从远处眺望整个盐湖天水一色，天地间是一片纯净的白与蓝，这里是陕西省唯一的湖盐产区。

每一个来到定边的客人，第一眼见到这样的景色已是激动不已，自然而然会停下行驶的车辆，张开双臂奔向田间的深处。每天穿梭在城市高楼大厦的缝隙之间，没有开阔的自然视觉。而来到定边，便一下子融入了大自然的怀抱，心中的压力被茫茫的花海吸收，烦恼被悠悠的白云带走，忧郁被地上成片的花儿融化，顿时感到豁然开朗。

定边物华天宝，人杰地灵。明末农民起义军领袖张献忠曾率军打到湖北武汉、四川成都等地，建国号"大西"，改元"大顺"，以成都为西京建立了大西政权。至今民间仍流传他入川屠蜀、江中沉宝等故事。国民党陆军中将高桂滋，曾参加辛亥革命，后加入同盟会，曾参加过长城抗战、平型关战役、忻口战役、中条山战役等多次著名会战。毛泽东曾称赞他的抗日经历"光荣历史国人同佩"。中共九届、十届、十一届中央候补委员，陕西省委常委李守林，生前带领群众开荒种地、植树造林、修桥补路，经过几十年的埋头苦干、艰苦奋斗，把一个黄沙滚滚、盐碱茫茫的村子变成了沃野良田。全国劳动模范石光银，把治沙与农民脱贫致富相结合，使农民在治沙中得到实利……

定边历史悠久，地理独特。长城横贯县域，墩台相望，绵延百里，留下无数兵家的兴叹，成为沧海桑田、朝兴朝衰的历史见证。定边早在旧石器时代就有人类活动，从南部山区出土的文物看，属黄河流域旧石器时代"河套文化"及新石器时代"仰韶文化"的范畴。西周至战国时期，定边为猃狁等犬戎部落所据。秦始皇统一六国，定边始有军政建置归属，隶北地郡马岭县。东汉初年烽烟不息，匈奴东进，北地郡治地两次内徙，定边纳入匈奴控制范围。西晋末年，五胡十六国混战不休，定边先属前赵、后赵，继又属前秦、后秦。北魏时期，定边全境属西安州大兴郡，武定中均废，改属夏州阐熙郡，定边东部属新囹县。西魏废帝三年，因定边盛产池盐，改西安州为盐州，仍置五原郡。明朝中叶，为抵御蒙古族侵扰，在境内多次修筑长城和城堡。中华民国元年，北京政府令各省裁府存道。定边属陕西省榆林道。土地革命战争时期，县境共产党解放区置定边县（治地定边城）。解放初，为了扩大定边湖盐的生产规模，缓解边区的经济压力，三五九旅四支队的 2000 余名指战员开拔到定边盐场堡驻防打盐。1935 年 10 月，中央红军长征到达陕北，途经定边南部山区白马崾先、张崾先、罗庞塬一带。位于陕甘交界的铁角城即为毛泽东率领红军入陕的第一站。在烽火连天的战争年月，定边这块土地养育了无数英雄，毛泽东、习仲勋、董必武、成仿吾、李维汉、彭德怀等一大批著名人物先后在定边工作和战斗。

定边文化独特，美食遍地。"信天游"是定边老少皆宜的歌曲，其内容丰富，表达形式多样。"信天游"按类型可分山歌、山曲、酸曲、小曲等，是老百姓喜闻乐见的民间艺术，带有爱情色彩的称为酸曲，是百姓交流思想情感，表达爱憎好恶的一种特有形式。信天游，歌词多以两句成韵为段，随编随唱，男人在田野、路途放开喉咙高唱，歌声粗犷豪。妇女们下地干活或是洗衣做饭也会不时地唱几句。

一道道个个水来哟，一道道川唻，
赶上哟骡子儿哟我走呀哎嗨走三边。
一条条的那个路上哟人马马那个多，
都赶上的那个三边哟去把那宝贝驮。
三边的那个三宝名气大，
二毛毛羊皮甜干干草还有那个大青盐。
人人都说那个三边好好三那个边，
塞上的哟那个明珠哟，亮呀么亮闪闪……

这首荡气回肠的《走三边》，在这块广阔的土地上传唱了一代又一代。三边，明代指延绥、甘肃、宁夏三个军事重镇"三边"古时泛指边疆。解放前，陕北定边、安边及靖边三县合称"三边"。解放后，安边县撤县改为安边镇，区域并入定边县。原盐是定边传统的"老三宝"之一（其他两宝是皮毛和甘草），是流行在定边的另一种说唱艺术。它曲调优美流畅，内容丰富多样，故事情节曲折动人，是深受广大群众喜爱的一种民间说唱艺术。说书艺人俗称"书匠"。说书全用三弦、二胡和笛子伴奏，故民间也叫弦子书。每逢春节，民间多把飞禽走兽及树木花卉等吉祥物绘画成形，附于各种彩色纸上，用小剪剪制，贴于窗格之中以为装饰，俗称"窗花"。因窗花寓意吉祥，且能美化环境，所以年复一年沿用不衰，并时有发展变化。

　　说起定边，不能不说的就是定边的美食，可以这么说，迄今为止我没见过比定边人更喜欢吃，更愿意在吃上花心思的。定边的酿皮、碗托、麻辣烫的小店开满大街小巷，排骨烩菜、饸饹、大块羊肉、鸡肉摊馍馍更是别有风味。炉馍馍、麻花是定边群众春节、中秋节必备的食品，也是走亲访友的上等礼品，更是集色、香、味、形俱佳，营养丰富，酥而不腻、味道纯正、皮薄多层、酥软可口、老少皆宜的独特地方风味，深受消费者的喜爱。定边盐是自然赠与定边人的财富。数千年来，定边盐湖养育了一代代以打盐为业的盐农，也成就了人们餐桌上的一道道美味。

荞麦花

八月的陕北秋高气爽，绚丽多彩。

清晨，走过白于山区的沟壑，眼前一片开朗，蓝天包裹着大地，白云飘绕其间，成片银白色的风电装置犹如一只只大鸟在晨曦中挥动着翅膀，一望无际的荞麦花海一下子就呈现在了你的眼前。

远远望去在沟渠梁峁、涧坡塬洼成片成片的荞麦嫩格莹莹、娇格艳艳，争先恐后地开着花，一派生机盎然的景象。

漫山遍野的荞麦花把黄土高原装扮成花的世界，犹如一幅幅优美的画卷。

看，一群群蝴蝶蜜蜂从四面八方汇集而来，兴高采烈地舞动着翅膀，聚集在香气四溢的花丛中，尽情吮吸着大自然的馈赠。

瞧，它们从一朵花飞向另一朵花，忽上忽下，嘤嘤嗡嗡。

盛开的荞麦花，千姿百态，各自吐着芳香，有的浓郁似蜜，有的淡雅似茶，整个田园都散发着醉人的香味。

秋天，荞麦把最美的身段展现出来，婀娜多姿，丰盈饱满，大气热情，书写着丰收的诗篇。

荞麦花的花瓣虽然不大，但很多，给人一种"香中别有韵，清极不知寒"的感觉。陕北的黄土高原海拔高、气温低，昼夜温差大，荞麦花瓣紧紧地抱在一起，共同抵御秋天的寒冷。

正因为它们有这种特性，才能让它们百折不挠，不畏秋季的寒冷，在凛冽的寒风中，仍然坚强地站立着，并没有被狂风暴雨吓倒。

每一个来到这里的客人，第一眼见到这片花海，都是激动不已，敞开双臂奔向田间的深处。每天穿梭在城市高楼大厦的缝隙之间，没有开阔的自然视野。而来到这里，便一下子融入了大自然的怀抱，心中的压力被茫茫的花海吸收，烦恼被悠悠的白云带走，忧郁被地上成片的花儿融化，顿时感到心灵和视野豁然开朗。

荞麦花是由粉变白，再由白变红，就在这粉白红变化中彰显着生命的更迭。荞麦花的枯萎不是生命的终结，而是希望的蛰伏，更有其包容和浑厚。有人认为，荞麦花虽然美丽，可生命短暂，但我认为荞麦花却能在短暂的生命里给人们带来视觉上的享受，正如人的生命，有的人虽然生命长但对社会贡献不大，有的人生命短暂却能放出奇光异彩。

在陕北的黄土高原上，坚韧、豪放又热情好客的陕北人，也成了黄土高原上一道独特的风景，他们传承祖先们坚忍执着、不懈追求的品格，一辈传一辈，一代接一代，终于开掘出一个山川秀美、风和日丽的大陕北！

荞麦花开在高原

定边，这片位于黄土高原与毛乌素沙漠边缘的神奇土地，自古以来便以其独特的地理风貌和丰富的物产闻名遐迩。而在这片广袤无垠的大地上，荞麦花以其质朴无华却坚韧不拔的姿态，成为秋日里一道不可或缺的风景线，也深深镌刻在了定边人的记忆与情感之中。

当春风渐渐远去，秋日的脚步悄然而至，定边的田野便悄然换上了新装。这时节，荞麦，这种耐旱耐寒、生命力极强的作物，开始在田间地头铺展开来，仿佛是大自然对这片土地最温柔的馈赠。荞麦的绿，不同于春日里嫩叶的鲜绿，它带着一种沉稳与厚重，预示着即将到来的丰收。而在这片绿色的海洋中，最引人注目的莫过于那即将绽放的荞麦花了。

荞麦花，不似牡丹的富贵，也没有玫瑰的妖娆，它以一种近乎朴素的姿态，静静地等待着属于自己的时刻。它们的花瓣小巧而精致，多为白色或淡粉色，宛如夜空中最不起眼的星辰，却能在阳光下闪烁出耀眼的光芒。每当微风吹过，整片荞麦田便仿佛化作了波浪翻滚的海洋，而那点点荞麦花，就像是海面上跳跃的浪花，充满了生机与活力。

定边的荞麦花，不仅仅是自然界的一道风景，更是这片土地上人们生活与情感的见证者。在这片土地上，每一朵荞麦花的盛开，都承载着人们对土地的深情与敬畏，对丰收的渴望与期盼。他们日出而作，日落而息，用勤劳的双手耕耘着这片土地，也期待着荞麦花能带来一年的好收成。

记得儿时，每当荞麦花开的季节，我们这些孩子便会相约到田间地头嬉戏玩耍。我们穿梭在荞麦丛中，追逐着蝴蝶，捕捉着蜜蜂，偶尔还会摘下几朵荞麦花，插在发间或编成花环，那份纯真与快乐，至今仍是我心中最宝贵的记忆。而大人们则会趁着好天气，给荞麦除草、施肥，他们的脸上洋溢着对未来的憧憬与希望。

定边荞麦不仅滋养了一代又一代的定边人，更孕育了丰富的荞麦文化。在这里，荞麦不仅仅是一种食材，更是一种文化的象征。荞麦面、荞麦饸饹、荞麦酒……这些以荞麦为原料制作的美食，不仅满足了人们的口腹之欲，更承载着定边人对生活的热爱与智慧。

特别是到了秋天，当荞麦成熟，金黄色的麦穗低垂，整个定边都沉浸在丰收的喜悦之中。这时，家家户户都会忙碌起来，收割、晾晒、加工，将荞麦变成各种美味佳肴。而在这个过程中，荞麦文化也得到了传承与发展，它教会了人们勤劳、坚韧与感恩，让这片土地上的每一个人都深深地爱着这片生养他们的土地。

荞麦花，虽不起眼，却以其独特的魅力与坚韧的品质，给了我们无尽的启示。它告诉我们，无论身处何种环境，都要保持一颗坚韧不拔的心，勇敢地面对生活中的挑战与困难。同时，它也教会我们珍惜与感恩，珍惜那些看似平凡却不可或缺的美好事物，感恩那些在我们生命中留下痕迹的人和事。

走进定边，仿佛踏入了一幅幅优美的田园诗画。昔日尘土飞扬的乡间小路，如今已铺上了平坦的水泥路，两旁绿树成荫，花香四溢。人们告别了土窑洞、土坯房，住进了宽敞明亮的砖瓦房，甚至是小别墅，屋内现代化设施一应俱全。更令人欣喜的是，随着乡村振兴战略的深入实施，特色产业如雨后春笋般涌现，荞麦种植不仅成为村民增收致富的"金钥匙"，还带动了乡村旅游的蓬勃发展。每逢荞麦花开的时节，游客纷至沓来，赏花、品茶、体验农家乐，一幅幅和谐共生的美好画面在这里徐徐展开。村民们用勤劳的双手，在绿水青山间编织着属于自己的幸福梦。

在定边这片神奇的土地上，荞麦花不仅仅是一种植物，更是一种精神的象征。它激励着每一个定边人，无论走到哪里，都要像荞麦花一样，坚韧不拔，勇往直前，用努力和汗水，书写属于自己的精彩人生。

随着岁月的流逝，定边的荞麦花依旧年复一年地绽放，它们用自己独特的方式，讲述着这片土地上的故事与情感。

而对于每一个曾经或正在这片土地上生活的人来说，荞麦花不仅仅是一道美丽的风景，更是一种情感的寄托与心灵的慰藉。

七月，我在长城放歌

定边的长城建于隋代和明代，古有"东接榆延，西通甘凉，南邻环庆，北枕沙漠，土广边长，三秦要塞"之称。

七月，定边天空最蓝，是用激情与信念涂抹而成的底色。

七月，定边长城最美，是用忠诚与热爱浸渍的地域。

七月，是焕发出阳刚气息的岁月，更是诠释着忠肝和义胆、富有民族内涵的日子。

七月，我沿着黄土高原的沟沟坎坎去寻觅那红色的记忆，在那雄关漫道的阵阵驼铃声中，耳畔又似乎响起了许多年前在凄风冷雨和水深火热最深处传来的呼唤声与呐喊声，还有那激动人心的铮铮战鼓声，是那样的凛然无畏，是那样的大气磅礴，犹如一块块巨石，穿越时间的隧道，穿过历史的沧桑，投入我平静的心海。

七月，站在长城之上，没有"千呼万唤始出来，犹抱琵琶半遮面"的娇羞怯懦，只有"数风流人物，还看今朝"的自信与豪迈。

七月，漫步在长城之中，没有"东施效颦"的忸怩造作，只有"大江东去"的粗犷和"醉里挑灯看剑"的激昂。

七月，奔跑在长城之上，去认真品味长城的毅力，她历经雷雨闪电，走过泥泞坎坷，已演绎成一句千古不朽的誓言，已定格成一帧最美的风景。任风云变幻潮涨潮落，任四季轮回花开花谢，不管时空怎么转变，不论世界怎么改变，她依然如礁石般横亘于我们傲立天地的猎猎信念之上。

七月，走在长城脚下，去仔细聆听长城的诉说；长城，总是在风雨的漫湿和战火的洗礼中忍耐、等候，却忘记如何去享受劫数过后的欢乐和果实。正如勤劳而朴实的陕北人一样，有着乐观豁达、积极向上的生活态度。

七月，一曲曲党的颂歌在长城上唱出了金属般的刚强，一段段悠扬的旋律在心灵的琴键上静静地流淌，一个个跃动的音符踏着青春的鼓点已正扬帆远航。

七月，激情燃烧的七月，我们愿做搏击长空的雄鹰，而不做随风飘摇的风筝；我们愿做风口浪尖的水手，不做在平静湖面悠闲的摆渡之人。

七月，奋力拼搏的七月，豪饮边关的孤独当醇酒，甘用青春的热血写春秋，把理想放飞蓝天，把青春涂成草绿，把生命筑进坚不可摧的钢铁长城。

七月，纵使我的梦想在泥泞中爬起又跌倒，我不屈的信念依旧在失败的港口重新起锚。

七月，虽然我没有同龄人的浪漫和潇洒，但从警的日子里每天都会有阳光拥抱。

七月，即便我出警的路上故事依旧简单枯燥，我仍会唱响属于警营特有的歌谣。

在这如诗如梦的季节，让我们携一缕芬芳的云彩，带上警营里最美的祝福，在鲜艳的党旗上点缀下我们七月最美丽的诗行，在长城的每一寸热土上播撒最无悔的衷肠！

雪落陕北

季节在岁月的长河里缓缓流淌，刚入冬，在人们的不经意间，陕北黄土高原上的雪已经悄悄地落下了。

我欣然地走出窑洞，抬头望向天空。

一小片洁白如玉的花瓣翩然而至，轻轻地落在发梢上，莹莹地闪着光亮，匆匆地化成水珠，慢慢地渗入了我的发根。

当我还沉迷在那丝丝凉意时，又一片晶莹剔透的花瓣飘在眼前，落在我粗糙的手臂上。

我抬起手臂，刚要欣赏她的模样时，她却害了羞，霎时化成了一小滴水，柔柔地滑落到了地上。再去寻找她的踪迹，一个花瓣飞来了，两个花瓣飞来了，满天的花瓣一起向我飞来了！

雪花翩跹飞舞，纷纷扬扬。

她的步履是那样轻盈，她的舞姿是那么飘逸，飞舞着，旋转着，仿佛在选择一个最美的姿态与大地亲吻。

窑洞前飘着雪，树枝上沾着雪，草垛上积着雪，驴棚上落着雪，一望无际的原野上也覆着雪。雪给黄土高原上的一切生灵涂抹上了淡淡的白。

一个身着粉红色外套的女子从硷畔上走来，衣服上落满了雪，粉红色开始慢慢变淡，柔软的秀发也被染成了白色。走到窑洞门口时，她轻轻地拍了拍身上的积雪，甩了甩长长的秀发，顿时雪花四溅，随风飘落。没有了雪的遮掩，她那水格灵灵的眼睛，白格生生的脸蛋，令人心旌摇曳。

雪花由稀落变成了密集，如柳絮一般，从空中飞舞下来，缓缓隐没了物体的表面。雪就像一床宽大的白色绒被，盖住了山野、河畔、墙头、屋顶……

硷畔前的一棵歪脖子柳树上，挂满了毛茸茸、亮晶晶的银条儿，几只麻雀飞来，树枝轻轻摇晃，雪儿簌簌地散落了下来。树底下的两只小狗，扭动着圆鼓鼓、胖乎乎的身子在雪地上相互追逐，那一串串相互交错的梅花脚印铺满了整个院落。

远处的山坡上，一个身披军绿色大衣的放羊娃被雪染成了白色，他赶着一群像棉花团的羊儿匆匆归来，流动的羊群像手中的画笔，给积雪的山坡留下了黄白相间的纹理。正在草丛里觅食的野鸡惊慌失措，抖落身上的雪絮，扑腾着翅膀，箭一样地直冲河沟，落在了对面的另一架山梁上。

树林笼罩在一片朦朦胧胧的薄纱中，几棵松树上挂满了白色的绒球，绒球和绿叶融在了一起，恰似诗人笔下"忽如一夜春风来，千树万树梨花开"的淋漓描绘。一只蹒跚在草丛中觅食的野兔，已经没有了往日的灵动，耷拉着脑袋，望着地上的白雪，追思着秋日丰富的时光。

河沟里，几块形态各异的石头被白雪覆盖着，它们就像被浇上奶油的蛋糕，大大小小，不规则地分布在河滩上。

初雪的降临，使城市里的钢筋水泥建筑变得温柔起来，雪仿佛给大街小巷披上一件华丽的霓裳，让整座城变得更有韵味。人人都拿起了手机，个个都变成了摄影师，一张张景色迷人的照片顿时在主流媒体、自媒体、微信朋友圈中沸腾起来。

雪由大变小，由小变停，来得急也走得快。

雪后的黄土高原庄严静穆，银装素裹，天地间一片洁净。在白雪的掩映中，河床宽了，群山瘦了，树木苍凉了。那沟壑纵横的山、川、涧、塬，仿佛把飘下来的雪收集到了不同形状的"容器"里。

山梁上，几座井场被白雪覆盖着，一排红色的抽油机在皑皑白雪的衬托下格外显眼。

公路上，零零散散的汽车，犹如行走在白色童话世界里的火柴盒一般，蜗牛般地向前爬行。平日里那些风驰电掣的司机，此时却个个瞪大了眼珠，所有的精力都集中在蜿蜒的山路上。

庄院里，一对夫妇正在清理地上的积雪，旁边的几个孩子在雪地里追逐，堆雪人、打雪仗。他们身上沾满了雪，活脱脱几个奔跑的雪人。

村头前，站在一棵老杨树上的两只喜鹊儿，叽叽喳喳叫个不停，仿佛在抗议被雪打湿了它们的鸟窝。抗议无果后，在空中扎了一个猛子，瞬间消失在茫茫天空中。

城市里，道路两旁的树枝上挂满了"水晶银坠"。此时，如果你的赞叹声惊动了树枝上的小鸟，那"水晶银坠"便会发出"叮叮当当"清脆的响动，让人陶醉其中。

初冬的雪来得从容，下得自在。黄土高原刚进入冬眠期，这场雪无疑是给大地最好的滋补，就像皮肤皲裂的陕北汉子敷了新鲜滋润的面膜一样，焕发出新的活力、新的生机。

陕北的雨

陕北，这片广袤而厚重的土地，承载着岁月的沧桑与生命的坚韧。春天，它在干旱中守望，土地干裂，人们靠着水井和水窖艰难地维系着生活的用水。然而，夏天和秋天的雨，又为这片土地带来了生机与希望，奏响了一曲曲动人心弦的乐章。

春天的陕北，是干涸的期盼。那土地仿佛被撕裂的肌肤，张着大口渴望着滋润。田地里的玉米、糜子、谷子、高粱……

在尘土中艰难地生长，绿色显得那么脆弱而珍贵。人们每天清晨的第一件事，便是去水井打水，那吱吱呀呀的辘轳声，仿佛是大地痛苦的呻吟。水窖里的存水，被精打细算地使用着，每一滴水都承载着生活的重量。

在这样的干旱中，人们对雨的渴望无比强烈。孩子们望着天空，期盼着哪一片乌云能带来雨水的滋润；老人们坐在窑洞前，嘴里念叨着关于雨的古老谚语。他们的眼中，充满了对雨水的渴望，那是对生命源泉的深深期盼。

终于，夏天的脚步临近，雨的气息也在空气中渐渐弥漫。

起初，是那遥远的雷声，如同战鼓在天边敲响，唤起了人们心中沉睡的希望。接着，风来了，带着一丝凉意，吹散了积聚已久的闷热。

第一滴雨落下，打在干燥的土地上，溅起一小撮尘土，瞬间便被吸收得无影无踪。但随后，雨滴纷纷扬扬地洒落，越来越密集，形成了一道道雨帘。土地开始欢快地吮吸着这久违的甘霖，发出"滋滋"的声响，仿佛是在表达着内心的喜悦。

雨中的陕北，是一幅生机勃勃的画卷。塬峁、沟壑、田野、窑洞，都被雨水洗刷一新，焕发出别样的光彩。山上的树木，原本干枯的枝叶在雨水的滋润下变得翠绿欲滴，仿佛在一夜之间恢复了生机。田野里的庄稼，挺起了腰杆，欢快地生长着，那绿色的浪潮一波接着一波，充满了生命的力量。

而那些窑洞，在雨中显得更加古朴而温馨。雨水顺着窑洞的边缘流淌下来，形成了一道道水帘，仿佛为窑洞披上了一层神秘的面纱。窑洞里的人们，听着外面的雨声，脸上洋溢着欣慰的笑容。他们知道，这场雨意味着丰收的希望，意味着生活的改善。

夏天的雨，有时来得猛烈而急促，像是陕北汉子的性格，豪爽而直接。那倾盆而下的大雨，伴随着电闪雷鸣，让人感受到大自然的强大力量。但正是这样的雨，迅速地填满了水井和水窖，让人们的心中充满了安全感。

当夏天的热烈渐渐褪去，秋天的陕北迎来了另一番雨景。

秋天的雨，多了一份柔情与细腻，宛如江南的女子，温婉而含蓄。

秋雨绵绵，丝丝缕缕，轻轻地洒落在大地上。它不像夏雨那样急切，而是慢慢地浸润着每一寸土地。在这轻柔的雨幕中，陕北的山川仿佛被蒙上了一层薄纱，如梦如幻。

田野里，成熟的庄稼在秋雨中摇曳，那饱满的果实和沉甸甸的麦穗，都在雨水的轻抚下显得更加诱人。果园里，红彤彤的苹果挂满枝头，雨水洗净了它们表面的灰尘，使其更加鲜艳夺目。果农们披着雨衣，忙碌地采摘着成熟的果实，脸上洋溢着丰收的喜悦。

秋天的雨，也为陕北的村庄增添了几分宁静与祥和。雨水滴落在石板路上，发出清脆的声响。农舍的烟囱里升起袅袅炊烟，在雨中弥漫开来，给人一种温暖而安心的感觉。人们坐在窗前，听着雨声，品尝着新收获的果实，谈论着今年的收成，憧憬着未来的美好生活。

陕北的雨，不仅滋润了土地，也滋养了人们的心灵。在干旱的日子里，人们学会了坚韧与忍耐；在雨水丰沛的季节，人们懂得了感恩与珍惜。雨，成了陕北人生活中不可或缺的一部分，它见证了这片土地上的喜怒哀乐，也见证了人们对美好生活的不懈追求。

然而，随着时代的发展，陕北的用水条件逐渐得到改善。现代化的水利设施不断建设，水井和水窖逐渐成了历史的记忆。但那曾经对雨水的渴望，以及雨水带来的喜悦，永远铭刻在陕北人的心中。

如今，当雨水再次降临陕北大地，它依然能唤起人们内心深处的那份情感。那是对大自然的敬畏，对生命的尊重，对这片土地深深的热爱。陕北的雨，将永远在这片土地上挥洒，书写着属于它的传奇。

让我们在雨中感受陕北的魅力，聆听它的故事，与这片土地一同呼吸，一同成长。因为，陕北的雨，是大自然赋予这片土地最珍贵的礼物，也是陕北人心中永远的牵挂。

定边羊肉：舌尖上的珍馐

定边，这座位于陕西省西北部的小城，拥有着一种令人垂涎欲滴的宝藏美食——定边羊肉。定边大块羊肉作为"硬早点"的代表，以其独特的魅力征服了无数人的味蕾，成了当地饮食文化的一张璀璨名片。

定边的羊肉做法繁多，每一种都散发着独特的魅力。炖羊肉，这道传统的定边美食，是平日里温暖身心的绝佳选择。选用新鲜的羊肉，切成大小适中的块状，与葱、姜、蒜、花椒、八角等调料一同放入大锅中，用慢火炖煮数小时。随着时间的推移，羊肉逐渐变得软烂入味，汤汁浓郁醇厚。揭开锅盖的那一刻，香气四溢，令人陶醉。吃一口羊肉，肉质鲜嫩多汁，调料的香味与羊肉的鲜美完美融合，让人回味无穷。炖羊肉不仅是一道美食，更是一种家的味道，每逢佳节或家庭聚会，炖羊肉总是餐桌上的主角，传递着亲情与温暖。

烙羊肉则是另一番独特的风味。将羊肉切成小块，用特制的调料腌制后，放在平底锅中煎烙至两面金黄。烙羊肉的口感外酥里嫩，咬上一口，"嘎吱"作响，羊肉的香气瞬间在口中绽放。这道美食既可以作为餐桌上的佳肴，也可以作为街头小吃，深受人们喜爱。

打平伙羊肉，体现了定边人民的豪爽与热情。几个好友相聚，共同出资购买一只羊，然后分工合作，有的负责宰杀，有的负责烹饪。大家围坐在一起，品尝着美味的羊肉，畅谈天地，欢声笑语不断。这种共享美食的方式，不仅增进了彼此的感情，也让定边羊肉成了友谊的象征。

手抓羊肉，最能展现定边羊肉原汁原味的魅力。将煮熟的羊肉直接用手拿着吃，简单而直接。羊肉的鲜香在指尖传递，轻轻一咬，肉汁流淌，满口生香。无须过多的调料修饰，定边羊肉自身的品质就足以让人陶醉。

羊杂碎，这是定边羊肉的另一种精彩呈现。羊的心、肝、肺、肠等内脏经过精心处理和烹饪，汇聚在一碗热气腾腾的汤中。羊杂碎的口感丰富多样，有的鲜嫩，有的有嚼劲，汤汁香辣浓郁，喝上一口，瞬间驱散寒冷，让人精神抖擞。在定边的街头巷尾，羊杂碎的小店随处可见，成了人们日常生活中不可或缺的美食选择。

干溇羊羔肉则是定边羊肉中的珍品。选用出生不久的羊羔肉，经过特殊的腌制和处理工艺，制成独具风味的干溇羊羔肉。羊羔肉肉质细腻，毫无膻味，口感鲜嫩，是招待贵宾的上乘之选。

定边羊肉之所以如此美味，与其独特的地理环境和养殖方式密不可分。定边地处陕北高原，气候干燥，光照充足，地理广袤，为羊的生长提供了优质的天然饲料。这里的羊吃着青草，喝着清泉，自由奔跑，使得羊肉质地鲜嫩，营养丰富。同时，定边人民在长期的养殖和烹饪过程中，积累了丰富的经验，传承了独特的烹饪技艺，将羊肉的美味发挥到了极致。定边羊肉不仅满足了人们的味蕾，也带动了当地的经济发展。越来越多的游客为了品尝正宗的定边羊肉慕名而来，推动了当地旅游业的繁荣发展。同时，定边羊肉的加工和销售也成为一项重要的产业，为当地人民创造了就业机会和收入来源。

在定边的餐馆里，常常可以看到这样的场景：亲朋好友围坐在一起，桌上摆满了各种羊肉美食，大家一边品尝，一边分享着生活的点滴。定边羊肉成了亲情的纽带，让人们在忙碌的生活中找到了相聚的温暖。而在朋友的聚会中，定边羊肉也是不可或缺的主角，大家举杯畅饮，品尝着美味的羊肉，畅谈着彼此的理想和抱负。

随着时代的发展，定边羊肉也在不断创新和发展。一些厨师将现代烹饪技术与传统工艺相结合，推出了更多新颖的羊肉菜品，满足了不同消费者的需求。同时，定边羊肉也通过网络平台和电商渠道，走向了更广阔的市场，让更多的人能够品尝到这一美味。

定边羊肉，这一历经岁月沉淀的美味，承载着定边人民的智慧和情感，散发着独特的魅力。它不仅是一道美食，更是一种文化，一种生活方式。让我们期待定边羊肉在未来的日子里继续绽放光彩，为人们带来更多的美味和惊喜。

在定边的集市上，羊肉摊位总是最热闹的地方。摊主熟练地切着羊肉，脸上洋溢着自豪的笑容。顾客们精心挑选着心仪的羊肉，心里盘算着回家后如何烹饪出一顿美味的羊肉大餐。在这里，羊肉不仅仅是商品，更是人们对美好生活的期待和向往。

定边的农家乐也是品尝羊肉的好去处。在田园风光中，品尝着原汁原味的定边羊肉，感受着大自然的宁静与美好，是一种别样的享受。农家乐的主人通常会用最传统的方法烹饪羊肉，让游客们感受到最地道的定边味道。

对于定边人来说，羊肉已经融入他们的血液，成为生命中不可或缺的一部分。无论是在喜庆的节日里，还是在平凡的日子中，定边羊肉总是能给他们带来满足和快乐。而定边羊肉的故事，也将在岁月的长河中继续流传，成为美食史上的一段佳话。

在城市的喧嚣中，定边羊肉宛如一股清流，以其独特的魅力吸引着人们的目光。它那浓郁的香气，鲜嫩的口感，让每一个品尝过的人都难以忘怀。或许，这就是定边羊肉的魔力，它能在瞬间触动人们的心灵，让人感受到美食的力量。

随着定边羊肉的知名度不断提高，越来越多的美食节目和美食博主也纷纷来到定边，探寻这一美味背后的故事。他们用镜头记录下定边羊肉的制作过程，向全世界展示定边的美食文化。通过这些宣传，定边羊肉的影响力进一步扩大，吸引了更多的游客和美食爱好者前来品尝。

定边羊肉，是定边人民的骄傲，也是中华民族美食宝库中的一颗璀璨明珠。它见证了定边的发展与变迁，也承载了定边人民对美好生活的追求和向往。相信在未来的日子里，定边羊肉将继续散发着迷人的光彩，为人们带来更多的美味和幸福。

展望未来，定边羊肉有着广阔的发展前景。随着人们生活水平的提高和对美食的追求，定边羊肉有望在全国乃至国际市场上占据更大的份额。同时，通过与文化旅游的深度融合，定边羊肉将成为展示定边地域文化的重要窗口，吸引更多的人了解定边，走进定边。

定边人的"宁夏情结"

　　在广袤的西北大地上，陕北的定边县与宁夏，这两个看似独立却又紧密相连的地方，自古以来便编织着一段段不解之缘。定边，位于陕西省的最北端，与宁夏回族自治区的盐池县接壤，地理上的亲近使得两地人民在生活方式、文化传承乃至情感认同都有着千丝万缕的联系。在这片黄土高原与毛乌素沙漠的边缘地带，定边人的宁夏情结，如同一股长流的细水，滋养着两地人民的心田，讲述着一段段跨越山川、跨越岁月的温情故事。

　　定边与宁夏盐池，不过数十里之遥，虽分属两省，却因地理上的相近而有着不解之缘。站在定边的高坡上远眺，宁夏的轮廓似乎隐约可见，那份距离感在广袤的黄土高原上显得尤为微妙。两地的居民，自古以来便因商贸往来、文化交流而频繁互动，久而久之，一种超越行政区划的情感悄然生根。对于定边人来说，宁夏不仅仅是地图上的一片区域，更是心灵深处的一片温柔乡，是记忆中不可或缺的一部分。

　　追溯历史，定边与宁夏的渊源可以追溯到远古时期。古时，这里是游牧文化与农耕文明的交会地带，不同的民族在这里迁徙、融合，留下了丰富多彩的文化遗产。秦汉以来，随着丝绸之路的开辟，定边与宁夏作为重要的商贸通道节点，更是频繁地交流着物资、技术和文化。历史的车轮滚滚向前，无论是汉代的郡县设置，还是唐宋时期的边塞诗篇，乃至明清时期的军事防御体系，都见证了定边与宁夏之间不可分割的历史联系。

这种历史渊源，不仅体现在地理版图上的接壤，更深刻地烙印在两地人民的心中。老一辈的定边人，总爱讲述那些关于祖辈迁徙、商贸往来的故事，那些故事里，有对宁夏土地的向往，有对两地人民情谊的颂扬。这些故事，如同一串串珍珠，串联起定边人与宁夏之间深厚的情感纽带。

文化，是连接两地人民的另一条重要纽带。定边与宁夏，同属西北文化圈，两地人民在生活习惯、民俗风情上有着诸多相似之处。比如，在饮食方面，两地人都偏爱面食，尤其是荞面美食，羊肉面、臊子面等传统美食。每当逢年过节，或是婚丧嫁娶，这些美食便成了餐桌上不可或缺的主角，传递着家的味道和浓浓的乡情。

此外，两地还共同拥有着丰富的民间艺术和民俗文化。定边的道情皮影、霸王鞭、剪纸艺术，宁夏的花儿、社火等，都是两地人民智慧的结晶，它们在不同的地域环境中各自发展，却又在某些方面相互借鉴、相互融合，形成了独特的文化景观。每当夜幕降临，定边县的乡间小道或是宁夏的村落里，总能传来阵阵悠扬的民歌和欢快的鼓点，那是两地人民对生活的热爱和对未来的憧憬。

进入新时代，定边与宁夏之间的经济互动日益频繁，成了推动两地共同发展的重要力量。随着"一带一路"倡议的深入实施和区域协调发展战略的推进，定边与宁夏在交通、能源、农业、旅游等多个领域展开了广泛的合作。

交通方面，两地间的公路、铁路网络不断完善，为人员和物资的快速流动提供了便利条件。能源方面，定边作为陕北重要的油气产区，与宁夏的能源产业形成了良好的互补关系，共同为国家能源安全贡献力量。农业方面，两地依托各自的资源优势，发展特色农业产业，如定边的马铃薯、杂粮，宁夏的葡萄酒、枸杞等，都在市场上享有盛誉。旅游方面，两地携手打造跨区域旅游线路，共同推广"西北风情游"，吸引了大量国内外游客前来观光旅游，促进了当地经济的繁荣和发展。

在定边人的心中，宁夏不仅仅是一个地理上的邻近之地，更是一个充满温情和亲情的地方。许多定边人的家族中，都有着与宁夏血脉相连的亲人。他们或是因为婚姻嫁娶，或是因为创业工作，或是为了追寻更好的生活，来到了这片土地，与当地人民共同生活、共同奋斗。这些经历，让定边人与宁夏人民之间建立起了深厚的情感认同。每当佳节来临，或是家中有重要事情时，定边人总会驱车前往宁夏，与亲人团聚。在那一刻，地域的界限仿佛消失了，留下的只有那份跨越黄河、跨越岁月的亲情。这种情感认同，不仅加深了定边人与宁夏人之间的友谊，也促进了两地社会的和谐稳定。

走进定边，不难发现这里既有浓郁的陕北风情，又隐约透露着几分宁夏的影子。从饮食习惯到民俗节庆，从建筑风格到民间艺术，两地文化在相互借鉴中绽放出别样的光彩。宁夏的八宝茶、枸杞、手抓羊肉，以及那些融合了陕宁两地风味的特色小吃，早已成为定边人餐桌上的常客。而在宁夏人的餐桌上，定边的荞面饸饹、酿皮、炉馍馍、鸡肉摊馍馍也成了宁夏人味蕾的享受。这种饮食上的相互渗透，正是两地文化交融的一个缩影。如今，在宁夏的街头巷尾，总能看到定边人的身影，他们选择到宁夏求学、工作、生活，那份来自黄土高原的坚韧与执着，在宁夏这片土地上继续书写着新的篇章。

每当夜幕降临，华灯初上，定边的一些老街上，总能看到几位老人围坐在一起，手捧热茶，谈论着宁夏的点点滴滴。他们的眼神中，既有对过往岁月的怀念，也有对未来美好生活的憧憬。对这些老人而言，宁夏不仅仅是一个地名，更是一种情感的寄托，一种精神的归宿。

对于定边人来说，宁夏不仅是情感的寄托，更是发展的伙伴。他们积极参与宁夏的各项建设，将定边的智慧与力量贡献给这片热土。同时，宁夏的快速发展也为定边带来了更多的机遇与挑战，激励着定边人民不断进取、勇于创新。

黄土情深，宁陕梦萦。定边人的宁夏情结，是一段跨越时空的情感之旅，是一份深深烙印在心中的文化记忆。在这片古老而又充满活力的土地上，定边与宁夏的故事仍在继续，两地人民用勤劳与智慧，共同书写着属于他们的辉煌篇章。无论未来如何变迁，那份对宁夏的深情与眷恋，将永远镌刻在定边人的心间，成为他们永恒的精神家园。

走进陕北的春夏秋冬

走进陕北，仿佛穿越了千年的时光隧道，每一步都踏在了历史的脉络上，而那四季更迭的景致，更是如同一幅幅生动的画卷，缓缓展开在眼前，让人沉醉，让人遐想。这片位于黄土高原腹地的土地，以其独特的地理风貌、悠久的历史文化和淳朴的民风民俗，吸引着无数旅人与文人墨客的目光。在这里，春夏秋冬不仅仅是时间的更迭，更是大自然与人类文明交织的一幅幅生动而深刻的画卷。让我们一同走进陕北的四季轮回，感受那份质朴与壮美并存的独特魅力。

春之篇：黄土高原上的生命礼赞

当冬日的严寒逐渐退去，陕北的春天便悄然而至。这是一场静悄悄的变革，仿佛是大自然在沉睡了一冬之后，轻轻地打了个哈欠，万物便在这份慵懒中苏醒过来。当冬日的严寒逐渐退去，春风便如同一位温柔的画师，轻轻拂过这片古老而坚韧的土地，唤醒了沉睡的一切。

清晨，第一缕阳光穿透薄雾，洒在沟壑纵横的黄土坡上，金色的光辉与土黄色的沟壑交织在一起，仿佛给大地披上了一层温暖的纱衣。远处的山峦，在晨曦中渐渐显露轮廓，它们不再是冬日里那般冷峻而沉默，而是多了几分柔和与期待。山脚下，几株早春的野花已经迫不及待地探出头来，虽然微小，却以顽强的生命力宣告着春天的到来。

村庄里，炊烟袅袅升起，与晨光交织在一起，形成了一幅温馨而宁静的画面。农民开始了一年的忙碌，他们或牵着耕牛走向田间，或肩扛农具，脚步轻快地走在乡间小路上。孩子们的欢笑声穿透了清晨的宁静，他们追逐嬉戏，在村头巷尾留下了一串串欢快的足迹。春天的陕北，不仅是大自然的复苏，更是人们心灵的觉醒，每个人都在用自己的方式，迎接这个充满希望的季节。

随着气温的回升，陕北的春天也迎来了它最为绚烂的时刻。桃花、杏花、梨花竞相开放，将原本单调的黄土高原装扮得如诗如画。粉红的桃花娇艳欲滴，雪白的杏花纯洁无瑕，淡雅的梨花则散发着淡淡的清香，它们或点缀在山坡之上，或掩映在窑洞之间，为这片古老的土地增添了几分柔情与浪漫。蜜蜂在花间穿梭，忙着采蜜；蝴蝶翩翩起舞，似乎在为这春天的盛宴增添几分生动与活力。

陕北的春天是一片绿色的海洋。春雨绵绵，细如牛毛，无声地滋润着大地。那些看似干涸的沟壑，在春雨的滋润下，渐渐泛起了绿意。小草从土里探出头来，一片片，一丛丛，将黄土高原装扮得绿意盎然。树木也抽出了新芽，嫩绿的叶片在阳光下闪闪发光，仿佛每一片叶子都蕴含着无限的生命力。田野里，麦苗返青，一望无际的绿色波浪随风起伏，预示着又是一个丰收年。

陕北的春天是一个充满希望与梦想的季节。它用独有的方式，讲述着这片土地上的故事，传承着这片土地上的文化。在这片古老而年轻的土地上，人们用汗水浇灌着希望，用信念编织着梦想。春天的陕北，是一首未完的诗，一幅流动的画，它等待着每一个用心去感受、去体会的人，发现它独有的魅力与美好。

夏之章：热浪中的激情与坚韧

陕北的夏天，是一幅粗犷而又不失细腻的水墨画，它以独有的方式，在黄土高原上缓缓铺陈开来，将大自然的雄浑与生命的坚韧演绎得淋漓尽致。当夏日的阳光穿透稀疏的云层，照耀在这片古老而神秘的土地上时，一切都仿佛被赋予了新的生命与活力。

清晨，当第一缕阳光悄悄探进窑洞的窗棂，陕北的夏天便在这份宁静与安详中悄然醒来。远处的山峦还沉浸在一片淡淡的蓝灰色之中，近处的庄稼地里，玉米苗挺直了腰杆，向着光明奋力生长，偶尔几声鸡鸣犬吠，打破了乡村的宁静，却也添了几分生活的烟火气。

随着太阳逐渐升高，陕北的夏天也展现了它最为热烈的一面。天空变得异常湛蓝，几朵白云悠闲地游荡着，仿佛是大自然最不经意的点缀。黄土高原上，沟壑纵横，层层叠叠的梯田宛如大地的指纹，记录着岁月的沧桑与变迁。此时，若是站在高处远眺，只见一片片绿意盎然中夹杂着点点金黄，那是向日葵在夏日里绽放的笑脸，它们面朝太阳，无惧酷暑，以最灿烂的姿态迎接每一个黎明与黄昏。

午后，烈日当空，陕北的夏天更是将"热情"二字诠释到了极致。然而，在这片看似干燥炎热的土地上，却也有着独有的清凉与惬意。村头的大柳树下，成了人们避暑纳凉的好去处。老人们摇着蒲扇，围坐一起，或下棋对弈，或谈笑风生，讲述着那些古老而又遥远的故事。孩子们则在一旁嬉戏打闹，他们的笑声清脆悦耳，如同夏日里最动听的乐章，为这炎热的午后增添了几分生机与活力。

傍晚时分，夕阳如血，将天际染成了一片绚烂的橙红。此时，陕北的夏天又展现了一种别样的温柔与宁静。劳作了一天的人们纷纷收工回家，炊烟袅袅升起，与晚霞交织在一起，构成了一幅温馨和谐的画面。夜幕降临，星星点点的灯火在黄土高原上闪烁，仿佛是夜空中最亮的星，指引着归家的路。村民们围坐在院子里，享受着夜晚的凉爽，品尝着自家种的瓜果，谈论着家长里短，那份淳朴与满足，是任何物质都无法替代的。

陕北的夏天，还是一场文化的盛宴。在这里，你可以听到那高亢激昂的信天游，它如同黄土高原上的风，自由而奔放，唱出了陕北人民对生活的热爱与向往；你可以看到那粗犷豪放的安塞腰鼓，鼓声震天，舞者身姿矫健，展现了陕北儿女不屈不挠、勇往直前的精神风貌。这些文化元素，如同陕北夏天的灵魂，让这片土地更加生动、更加迷人。

陕北的夏天，是一个充满魅力与故事的季节。它以其独特的自然风光、淳朴的民风民俗、丰富的文化底蕴，吸引着无数人的目光与心灵。在这里，你可以感受到大自然的鬼斧神工，可以领略到陕北人民的勤劳与智慧，更可以体会到那份对生活的热爱与执着。陕北的夏天，是一首永远唱不完的歌，是一幅永远看不够的画，它用它独有的方式，讲述着这片土地上的故事与传奇。

秋之韵：黄土高原的金黄盛宴

陕北的秋天，是一幅用金黄与火红交织而成的壮丽画卷，它以其独有的粗犷与深邃，让人在不经意间沉醉。当夏日的热烈渐渐退去，秋风便带着几分凉意与温柔，悄然降临在这片古老的土地上，给陕北披上了一袭斑斓的秋衣。

走在陕北的黄土高原上，脚下的土地仿佛被夕阳染成了金黄色，一望无际，层层叠叠，宛如大地的波浪。远处，群山连绵，山峦间，树木的叶片由绿转黄，再由黄变红，像是大自然精心布置的一场色彩盛宴。那些古老的窑洞，错落有致地镶嵌在山坡上，与这秋色融为一体，显得格外宁静、和谐。每当夕阳西下，余晖洒在这些古老的建筑上，更添几分古朴与沧桑，让人不由自主地放慢脚步，细细品味这份历史的厚重与岁月的静好。

陕北的秋天，是收获的季节。田野里，玉米、高粱等农作物相继成熟，金黄色的麦浪翻滚，沉甸甸的果实低垂着头，仿佛在向辛勤耕耘的农人致以最诚挚的敬意。他们手持镰刀，弯腰劳作，将一年的汗水化作丰收的喜悦。这不仅仅是一场视觉上的盛宴，更是心灵的慰藉，让人深刻感受到劳动的价值与丰收的甜蜜。

除了丰收的田野，陕北的秋天还有那令人心旷神怡的果园。苹果园里，红彤彤的苹果挂满枝头，像是节日里挂满彩灯的圣诞树，散发着诱人的香甜。梨子、核桃、大枣……各种果实竞相展示着风采，吸引着远近的游客前来采摘品尝。在这丰收的季节里，人们不仅享受到了美食的馈赠，更体会到了大自然的慷慨与生命的奇迹。

陕北的秋天，更是文化与艺术的盛宴。在这片古老的土地上，有着丰富的民间艺术和深厚的文化底蕴。秋风送爽时，陕北的民歌、腰鼓、剪纸等传统文化活动便如火如荼地开展起来。那高亢激昂的信天游，唱出了陕北人民的豪迈与坚韧；那欢快热烈的腰鼓声，敲出了陕北儿女的热情与活力；那精巧细腻的剪纸作品，则展现了陕北人民对生活的热爱与向往。这些文化活动不仅丰富了人们的精神生活，也让陕北的秋天更加生动多彩。

此外，陕北的秋天还是旅游的好时节。随着旅游业的发展，越来越多的人选择在这个季节来到陕北，感受这片土地的独特魅力。他们或漫步在古城墙上，感受历史的沧桑；或登上高山之巅，俯瞰大地的辽阔；或走进农家小院，体验淳朴的民风民俗。无论是哪一种方式，都能让人在陕北的秋天里找到属于自己的那份宁静与美好。

陕北的秋天是一首诗、一幅画、一首歌，它以独特的魅力吸引着无数人。在这里，你可以感受到大自然的壮丽与神奇，体验到丰收的喜悦与满足，领略到文化的深邃与魅力。陕北的秋天，不仅仅是一个季节的更迭，更是一次心灵的洗礼与升华。

冬之曲：黄土高原的静谧与祥和

陕北的冬天，是一幅用苍凉与壮美交织而成的水墨长卷，它以独有的风姿，静静地铺展在黄土高原的广袤之上，诉说着岁月的悠远与自然的深邃。这里，冬日的阳光虽不似春日般温柔，却也带着几分坚毅与澄澈，穿透稀薄的云层，洒在沟壑纵横的黄土坡上，为这片古老的土地镀上了一层淡淡的金辉。

冬日的陕北，空气里弥漫着一种沉静而厚重的气息，那是黄土与寒风多年对话后沉淀下的味道。寒风，不再仅仅是季节的使者，它更像是一位严苛的雕刻家，以无形的刻刀，年复一年地在黄土高原上雕琢出更加深邃的沟壑，更加挺拔的塬梁。树木褪去了繁华，只留下光秃秃的枝干指向苍穹，仿佛在向世人展示着生命的另一种姿态——坚韧不拔。

此时的陕北，是色彩的极简主义者。灰黄的土地、黑褐色的窑洞、偶尔点缀其间的几点残雪，构成了这个季节的主色调。雪，对于陕北的冬天来说，是难得的奢侈。当雪花悄然降临，轻轻覆盖在黄土之上，整个世界便变得柔和而纯净。孩子们在雪地里嬉戏打闹，欢声笑语穿透了冬日的寂静，给这片古老而厚重的土地增添了几分生机与活力。

　　陕北的冬天，也是文化的盛宴。在这片土地上，冬日的严寒并未能阻挡人们对生活的热爱与追求。走进陕北的村落，一缕缕炊烟从低矮的窑洞顶上袅袅升起，那是家的味道，是温暖与希望的象征。人们围坐在火炉旁，或织着毛衣，或聊着家常，脸上洋溢着满足与幸福。此外，陕北的冬天还是民间艺术的展示窗。剪纸、窗花、泥塑……这些承载着深厚文化底蕴的手工艺品，在冬日里更显得熠熠生辉。它们以质朴的材质、精湛的技艺，讲述着一个个古老而又生动的故事，让每一个到访者都能感受到陕北文化的独特魅力。

　　陕北的冬天，虽无江南水乡的温婉细腻，却有着北国风光的粗犷豪迈。它以一种近乎原始的方式，展现着大自然的鬼斧神工，也诉说着黄土高原上人们世代相传的生活哲学。在这里，每一个冬日的清晨与黄昏，都是一幅值得细细品味的画卷，让人在寒冷中感受到温暖，在苍凉中看到希望。

　　陕北的冬天，是一首无言的诗，是一幅流动的画，它以其独特的魅力，吸引着无数旅人前来探寻。在这里，你可以感受到那份来自黄土高原的质朴与坚韧，可以聆听到大自然最原始的声音，更可以领略到陕北人民对生活的热爱与执着。这是一片神奇的土地，一个让人魂牵梦萦的地方，而陕北的冬天，则是这片土地上最为动人的篇章。

走进陕北的春夏秋冬，就像是一首悠长的诗，每一个章节都充满了不同的韵味和情感。它让我们感受到了大自然的鬼斧神工和陕北人民的勤劳智慧。在这片古老而又充满活力的土地上，我们不仅能领略到壮美的自然风光，更能深刻地体会到那份淳朴的民风和深厚的文化底蕴。陕北，一个值得我们用一生去品味和感悟的地方。

陕北之秋，黄土高原上的金色诗篇

在广袤无垠的陕北大地上，秋天以一种独有的深沉与热烈，缓缓铺陈开来，将黄土高原装扮成一幅幅动人心魄的金色画卷。这里，是时间的低吟，是大地的赞歌，更是无数人心目中那最质朴、最纯净的故乡。

陕北的秋天，不像江南的秋那般温婉细腻，也不像北国的秋那样急促而凛冽。这里的秋天，带着一种粗犷而深沉的美，仿佛是大自然最真挚的情感释放。秋风，如同一位巧手的画师，轻轻一挥，便将陕北的山川沟壑、田野村庄，都染上了温暖的色调。

山峦间，层林尽染，黄的是杨，红的是枫，绿的是松柏，还有那满坡的野菊花，金黄灿烂，点缀其间，仿佛是大自然特意为这黄土高原铺设的金色地毯。被秋色染成了深浅不一的黄色、橙色与红色，宛如一位老画家随意挥洒的调色盘，既粗犷又不失细腻。站在高处远眺，一片片梯田错落有致，金黄色的玉米、沉甸甸的谷穗在秋风的吹拂下轻轻摇曳，发出沙沙的响声，那是大地对丰收的低语。

远处的田野里，人们开始忙碌起来，或肩扛锄头，或手持镰刀，穿梭在田间地头，脸上洋溢着收获的喜悦。孩子们也不甘寂寞，跟在父母身后，偶尔捡起几穗遗落的谷子，或是追逐着田间飞舞的蝴蝶，欢声笑语在秋风中回荡，给这秋日的乡村增添了几分生机与活力。

　　如果说田间的丰收是陕北之秋的主旋律，那么果园的丰盈则是这乐章中最动听的歌谣。苹果园里，红彤彤的苹果挂满枝头，宛如一盏盏小灯笼，散发着诱人的香甜。枣树也不甘示弱，一串串饱满的枣子压弯了枝头，有的还泛着青红相间的光泽，等待着最后的成熟。人们手持长杆，小心翼翼地敲打着树枝，成熟的果实便如雨点般落下，孩子们则兴奋地在树下捡拾，偶尔吃上几个，那份甜蜜直沁心脾。

　　果园之外，还有成片的葡萄园、核桃林，每一处都散发着各自的芬芳，交织成一首秋天的乐章。这些果实不仅是自然的馈赠，更是人们一年辛勤劳动的结晶，它们将被制作成各种美食，成为冬日里温暖的记忆。

　　在这个金色的秋天里，人们不仅收获了满仓的粮食和果实，更收获了对未来的无限憧憬与梦想。随着秋收的结束，陕北的农村并没有因此而沉寂。相反，大家开始规划着来年的生产与生活，他们深知，只有不断耕耘，才能迎来更加丰硕的果实。

　　走进一户农家小院，只见院子里摆放着刚从地里收回来的玉米、南瓜、辣椒……五彩斑斓，堆成了一座座小山。女主人正在厨房里忙碌，灶台上热气腾腾、香气四溢，让人垂涎欲滴。男主人则坐在门槛上，抽着旱烟，偶尔抬头望向远方，眼神中满是对这片土地深沉的爱与眷恋。随着日薄西山，村庄渐渐笼罩在一片宁静与祥和之中。夕阳的余晖洒在古老的窑洞上，金黄色的光芒与黄土的色泽融为一体，显得格外温馨而古朴。炊烟袅袅升起，与晚霞交织在一起，给这宁静的乡村增添了几分温馨与神秘。老槐树下，几位老人或坐或立，手捧旱烟袋，眯着眼睛，享受着秋日的凉爽，偶尔几声鸡鸣犬吠，更显得这份宁静的珍贵。孩子们三五成群地追逐嬉戏，欢声笑语洒满了整个山谷。这样的场景，在陕北的每一个秋天都会重复上演，简单而幸福，让人感受到岁月静好的真谛。

陕北之秋，不仅在于其自然风光的壮丽，更在于其深厚的文化底蕴与现代文明的和谐共生。漫步在榆林古城，仿佛穿越了时空，古朴的城墙、错落有致的四合院、青石板铺就的街道，无一不透露着历史的沧桑与厚重。而在这份古朴之中，又巧妙地融入了现代生活的气息，咖啡馆、文创店、特色民宿点缀其间，让古老的城市焕发出新的活力。走进村庄，一座座新农村房屋错落有致地镶嵌在黄土坡上，每当夕阳西下，炊烟袅袅升起，与远处的山峦交相辉映，构成了一幅温馨而和谐的画面。

陕北之秋，是一幅幅充满人间烟火气息的温馨画卷。在这里，你可以看到人们日出而作、日落而息的勤劳身影，可以听到邻里间家长里短的亲切交谈，可以品尝到地道的农家饭菜，那是味蕾上的乡愁，是记忆中最熟悉的味道。每逢佳节，黄土高原上的陕北更是热闹非凡。重阳节的登高望远、国庆节的灯火、中秋节的团圆宴……每一个节日都承载着人们对美好生活的祈愿与祝福，人们用各种方式庆祝丰收、祈福未来。

陕北之秋，不仅仅是自然风光的盛宴，更是民俗文化展现的舞台。在这个季节里，各种传统的节日和庆典接踵而至，为陕北的秋天增添了几分人文的温暖与厚重。每当夜幕降临，城市和农村的广场上人来人往、比肩继踵，人们自发组织的秧歌队、广场舞热闹非凡。此外，还有那响彻山谷的信天游，那粗犷豪放的腰鼓声，那热烈奔放的秧歌舞……这些独特的民俗文化，如同陕北秋天里的一股暖流，温暖着每一个人的心房，让这片土地充满了生机与希望。

陕北之秋，就是这样一幅动静相宜、冷暖交织的画卷。它既有大自然的壮丽与多彩，又有丰收的喜悦与满足，也有岁月的宁静与安详。在这里，你可以感受到大自然的鬼斧神工，也可以领略到人文的博大精深；你可以放下城市的喧嚣与浮躁，找到心灵的归宿与安宁。当秋风再次吹过陕北的黄土地，当那片金黄与深红再次映入眼帘，我们不禁感叹：陕北的秋天，是一首永远唱不完的歌，是一幅永远看不够的画。它用独特的方式，讲述着这片土地的故事，传递着这片土地的情感，也让我们在每一次的凝视与聆听中，都能感受到那份来自心底的震撼与感动。

走进延安

悠悠岁月，沧海桑田。面对平凡而又具有非凡魅力的延安，你一定不会忘记现代中国大舞台上，无数中国共产党人和革命先烈那振聋发聩的呐喊和坚实有力的步伐。仰望宝塔山，唱起《南泥湾》，走近土窑洞，吃上小米粥，又有谁会忘怀那小米加步枪的峥嵘岁月和共和国的母亲躯体里流淌着的延河水及飘荡着黄土高原缕缕芬芳的排排窑洞。

在万众瞩目的党的二十大召开之际，再次伫立于巍巍宝塔山前，望着奔腾不息的延河水，仿佛看到毛泽东等老一辈革命家在昏暗的麻油灯下，夙夜匪懈、宵衣旰食，为党为国为民忘我工作的身影，仿佛听到杨家岭窑洞前纺线车的嗡嗡声，还有三五九旅南泥湾拓荒的犁铧声……踏着历史的脚步，追寻前辈的足迹，我的心早已走进革命圣地——延安。

延安是中国共产党的精神家园，面对杨家岭、枣园、宝塔山、凤凰山，我思绪万千。在那绵延起伏的黄土丘陵，纵横交错的千沟万壑，土壁峭立的峡谷浊河，交通闭塞，生产落后，经济文化极不发达的穷乡僻壤，究竟是什么力量使其经过了二万五千里长征，到这里时只有三万的中国人民的精英队伍不断壮大，直到把一个旧世界打碎，并建立了一个崭新的新世界？原来是延安的窑洞里有马列主义！从毛泽东等中央领导人住进窑洞，马列主义、土窑洞、麻油灯，从此有了不解之缘。在杨家岭简陋的窑洞里，毛泽东先后写下了《新民主主义论》《中国革命和中国共产党》等一系列理论著作，不仅指导了延安时期伟大的整风运动，教育培养了一大批党的干部，而且对以后的中国革命胜利起到了巨大的指导作用。也正是在延安窑洞的麻油灯下，毛泽东用他的智慧之脑、神奇之笔描绘出了中国革命的蓝图，为中华人民共和国的诞生奠定了基础。那些写于此地的论著，今天仍是一笔巨大的精神财富。

正如美国著名人士——哈里森·埃文斯·索尔兹伯里在他所著的《长征——前所未闻的故事》里所言：在延安，毛泽东主席把自己的队伍锻炼成为一支革命的精锐部队，赢得了中国。在这里长征精神发展成了延安精神，毛泽东主席就是用这种精神的哲学、制度和策略来缔造他的共产主义国度的。

延安，作为长征的落脚点和革命新征程的出发点，在中国共产党的历史上有着极其辉煌的一页。从党的一大到党的二十大，从小小红船到巍巍巨轮，凡树有根，方能生发；凡水有源，方能奔涌！党走过的路，是实现人民对美好生活向往的奋斗之路。

举世瞩目的中国共产党第二十次全国代表大会胜利闭幕，我们见证了从"窑洞对"到自我革命，从中华人民共和国成立到社会主义公有制的确立和完善，从改革开放到中国特色社会主义新时代的伟大变革。为人民打江山、守江山，为中华民族伟大复兴而努力奋斗的中国共产党始终是我们一切事业的领导核心，以党为师，不负人民，不负时代，在实现第二个百年奋斗目标的新征程上，意气风发、奋发图强的延安儿女在建设家园中创造了不少奇迹。经过几十年的努力，延安和全国一样发生了翻天覆地的变化。老一辈革命家和祖辈几代乃至几十代人住过的窑洞已成了历史，取而代之的是林立的高楼大厦；贫穷落后的延安，正逐渐向开放、文明、富裕发展；飘荡了多少世纪的"走西口"，已随着历史的脚步成为遥远的故事。如今，不甘落后的延安人民甩开膀子，以崭新的精神面貌在革命圣地建设一个山川秀美、风和日丽的大延安。

路的变迁

　　小时候，生活在白于山区，那里的路是羊肠小道，是崎岖的山路。那些路蜿蜒在山间，像岁月的褶皱，记录着生活的艰辛与不易。

　　记忆中的羊肠小道，狭窄而曲折，仅能容两个人并排通过。路边杂草丛生，有时会划破小腿。走在这样的路上，需要小心翼翼，每一步都充满了挑战。尤其是雨后，道路泥泞湿滑，稍有不慎就会摔倒。那时候，背着书包走在这样的路上，心中总是盼望着有一天能走上宽阔平坦的大道。

　　通往乡镇的黄土大路，是我们与外界联系的重要通道。每到赶集的日子，大人们会沿着这条路去乡镇，带回一些生活用品。那路，晴天时尘土飞扬，一辆驴车经过，便能扬起漫天的黄尘，让人睁不开眼；雨天时则泥泞不堪，深深的车辙里积满了雨水，走过去，鞋子和裤腿都会沾满泥巴。

　　后来，因为石油的开发，出现石子路。那一颗颗石子，像是镶嵌在大地上的宝石，虽然不那么规则，却也让道路变得坚硬了许多。走在上面，脚底会传来咯嗒咯嗒的声响，仿佛在讲述着时代的进步。拉着架子车行走在石子路上，虽然依旧颠簸，但比起黄土大路，已经轻松了不少。

再后来，柏油马路出现了。那黝黑的路面，在阳光下泛着光泽，平坦而宽阔。车辆行驶在上面，平稳而快速。路边种上了整齐的树木，仿佛是道路的守护者。我们骑着自行车在柏油马路上飞驰，感受着风在耳边呼啸，心中充满了喜悦和对未来的憧憬。而如今，村村通的水泥路四通八达。这些水泥路像一条条银色的丝带，将各个村庄紧密地连接在一起。

记得小时候，我还曾跟着父母去参加村里组织的修路。人们手持铁锹、洋镐，拉着架子车，热火朝天地忙碌着。汗水湿透了衣衫，但每个人的脸上都洋溢着希望和喜悦。那是对美好生活的期盼，是对未来的坚定信念。

路的变迁，不仅仅是交通的改善，更是生活的巨变。曾经，因为道路的崎岖和不便，村里的农产品难以运出，外面的物资难以运进，经济发展缓慢。如今，畅通的道路让农产品能够及时销售到各地，为村民带来了丰厚的收入。年轻人也愿意回到家乡创业，开办工厂、发展养殖，乡村经济日益繁荣。

沿着水泥路漫步，感受着它的坚实与平坦，心中感慨万千。路边的田野里，麦浪翻滚，一片金黄。远处的村庄，红瓦白墙，错落有致。这一切，都因为路的存在而显得更加美好。

路，是连接过去与现在的桥梁，是通向未来的通道。它见证了我们的成长，见证了时代的发展。小时候在山路上奔跑嬉戏的场景仿佛还在眼前，而如今，我们正走在宽阔的水泥路上，追逐着更加美好的梦想。

那些曾经走过的羊肠小道、黄土大路、石子路和柏油马路，都成了生命中的珍贵回忆。它们让我们懂得了生活的艰辛，也让我们更加珍惜现在的幸福。回首过去，路的变迁是一部艰苦奋斗的历史；展望未来，路的延伸是一幅充满希望的画卷。随着路的不断改善，大山里的教育也发生了翻天覆地的变化。过去，孩子们上学要走很远的山路，遇到恶劣天气，更是艰难。现在，校车可以沿着水泥路安全地接送孩子们上下学。学校的设施也越来越完善，多媒体教室、图书馆、实验室一应俱全。孩子们在宽敞明亮的教室里学习，接受着良好的教育，他们的未来充满了无限可能。

路的畅通还带来了文化的交流与融合。以前，村里的文化生活相对单调，人们的娱乐活动有限。如今，便捷的交通让外面的文艺团体能够走进乡村，为村民们带来精彩的演出。村里也自发组织了各种文化活动，如广场舞比赛、戏曲表演等。人们在忙碌的劳作之余，有了更多的精神享受，乡村的文化氛围日益浓厚。

同时，旅游业也因路的发展而兴起。由于山区独特的自然风光和民俗文化吸引了越来越多的游客。游客们沿着水泥路走进村庄，感受着乡村的宁静与美丽，品尝着地道的农家美食，为乡村带来了新的经济增长点。村民们开办了农家乐、民宿，生活越来越红火。

路，改变了乡村的面貌，也改变了人们的观念。曾经，人们守着一亩三分地，过着自给自足的生活。现在，越来越多的人走出乡村，去外面的世界闯荡，带回了新的技术和理念。他们在这片熟悉的土地上，开拓创新，发展特色产业，为乡村振兴注入了新的活力。

在这路的变迁中，我也逐渐成长。小时候，我渴望走出大山，去看看外面的世界。如今，每当我踏上归乡的路，心中都充满了感慨。家乡的路越来越美，家乡的发展越来越快。

未来的路还很长，我们还将面临更多的机遇和挑战。但我相信，只要我们坚定不移地走下去，不断开拓进取，我们的道路一定会越走越宽广，我们的生活一定会越来越美好。

王盘山药王洞

    在白于山区的山峦间，有一片被岁月温柔以待的土地——定边县，而在这片土地上，矗立着一座令人心驰神往的山峦，名曰王盘山。它不仅仅是一座山，更是承载了无数故事与传说的历史丰碑，尤其是那石涝城的沧桑与药王洞的神秘，如同两颗璀璨的明珠，镶嵌在这片黄土高原之上，熠熠生辉。

    踏上前往王盘山的路，心中便不由自主地泛起层层涟漪，那是对童年的怀念，也是对未知的憧憬。石涝城，这个修筑于明代成化十一年的古城堡，静静地躺在石涝河北的一处高山顶上，仿佛是时间遗落的一枚古老棋子，等待着有心人的解读。

    随着脚步的深入，眼前的景象逐渐清晰起来。石涝城依山而建，北倚海拔较高的王盘山，南临潺潺流淌的石涝河，形成了得天独厚的自然防御屏障。城墙虽已不复存在，但那份坚韧与不屈，依旧能让人感受到当年的雄浑气势。站在城中的山坡远眺，四周是广袤无垠的黄土高原，蓝天白云之下，一切显得那么宁静而深远。

走进城内遗址，一股历史的厚重感扑面而来。残垣断壁间，仿佛还能听见当年的喧嚣与战马嘶鸣。这里曾是边陲重镇，见证了无数将士的英勇与牺牲，也承载了当时人们的希望与梦想。漫步其间，每一步都踏在了历史的脉络上，让人不禁沉思，那些被岁月尘封的故事，又该如何被后人铭记？

　　离开石涝城，沿着蜿蜒的山路继续前行，不久便来到了药王洞。这里虽已不复往昔的辉煌，但那份神秘与庄严，依旧让人心生敬畏。

　　药王洞，原名红缨寺，因清康熙年间的一场"火烧红英寺"的传说而更名。相传康熙帝征讨噶尔丹时，风闻寺内恶僧横行霸道，便微服私访至此。不料被恶僧识破身份，竟被扣于大钟之下，幸得大内高手及时相救，才得以脱险。事后，康熙帝下令火烧红缨寺，以示惩戒，这也正是后来王盘山地名的由来。

　　步入药王洞门口，洞内虽已残破不堪，但遗留下的残壁画，却依然色彩鲜艳，栩栩如生。静静地站在那些壁画前，试图从那些模糊的色彩中，读出那些古老而遥远的故事。站在洞前，我仿佛能听见那遥远的钟声，穿越时空的阻隔，诉说着过往的恩怨情仇。而药王洞，就像是一位慈祥的老者，静静地守候在这里，用他那无尽的智慧与慈悲，守护着这片土地上的生灵。

　　洞外，是典型的黄土地貌，沟壑纵横，层层叠叠，宛如大地的肌理，展现一种原始而粗犷的美。每当风起时，黄土飞扬，仿佛能听见大地的呼吸声，感受到那份来自远古的呼唤。站在这片土地上，我仿佛能穿越时空，与那些古老的灵魂对话，聆听他们的心声。

对于我而言，王盘山不仅仅是一座山、两座古迹，更是童年记忆中不可或缺的一部分。记得小时候，在王盘山中心小学读书的日子里，每逢周末或假期，我总会和小伙伴们一起前往石涝城和药王洞探险。那时的我们，无忧无虑，对这个世界充满了好奇与向往。在石涝城追逐嬉戏，想象着自己是英勇的将士，守护着这座古老的城堡。而在药王洞，我们则会小心翼翼地探索，试图找到那传说中洞中的宝藏。虽然每次都只是空手而归，但那份纯真的快乐与探索的激情，却永远留在了我们的心中。

如今，岁月流转，我已步入中年，但那份对王盘山的情感却从未改变。每当回想起那段在王盘山小学读书的时光，心中便充满了温暖与感激。因为那里，不仅有我的童年记忆，更有那些关于勇气、智慧与爱的故事，它们将伴随我一生，成为我人生旅途中最宝贵的财富。

除了历史的厚重与人文的底蕴，王盘山还以其独特的自然景观吸引着人们前来观赏。这里的黄土沟壑地貌独具特色，沟壑纵横、梁峁起伏，形成了一幅幅壮丽的画卷，让人流连忘返。而在这片神奇的土地上，还孕育了丰富的自然和石油资源。山间溪流潺潺，滋养了无数生灵。这里的人们，凭借着勤劳与智慧，在这片土地上耕耘着希望与梦想，收获着幸福与安宁。

王盘山，这座承载着历史与传说的山峦，用它那独有的方式，讲述着过去与现在的故事。无论是石涝城的沧桑与坚韧，还是药王洞的神秘与慈悲，都让人心生敬畏与感慨。而那份童年的记忆与自然的馈赠，更是让人对这片土地充满了无限的眷恋与热爱。

陕北三边行：穿越历史的苍茫与辉煌

在广袤无垠的陕北黄土高原上，有一片被岁月雕琢、历史沉淀的土地，它以独特的地理位置、深厚的历史底蕴和壮丽的自然风光，共同编织了一幅幅动人心魄的画卷。这便是靖边县、定边县及其辖下的安边镇，人们习惯称之为"三边"。在这片古老而又充满活力的土地上，每一次脚步的落下，都是与历史的一次深刻对话，是与大自然的一次亲密拥抱。秋天，行走在三边的大地上，去探寻那些被岁月尘封的记忆，去感受三边独有的风情与韵味。

靖边：古城的低语，自然的奇观

踏入靖边，首先映入眼帘的，便是那座沉睡在黄沙之中的统万城。行走在统万城上，每一步都仿佛踏入了历史的深邃长廊，耳边似乎回响着当年的金戈铁马与工匠们的锤凿之声。这座赫连勃勃倾尽国力所建的白色都城，历经风雨侵蚀，依旧倔强地屹立于荒漠之中，诉说着一段段不朽的传奇。

阳光斜洒在残垣断壁上，金色的光辉与斑驳的土色交织，为这座古城披上了一层神秘而庄严的外衣。城墙虽已不复当年雄伟，但那份历尽沧桑仍不失威严的气势，依旧让人心生敬畏。漫步其间，不禁想象着当年这里是如何的繁华热闹，商贾云集，文化交融，是丝绸之路北线上一颗璀璨的明珠。几处半掩于黄沙中的建筑遗迹，它们静静地躺在那里，像是历史的守望者，等待着有心人的探寻。我轻轻抚摸过一块块被岁月雕琢的砖石，感受着那份沉甸甸的历史重量，心中涌动着对古人智慧与勇气的无限敬仰。

站在城墙上远眺，四周是无垠的黄沙与稀疏的植被，这样的景象让人不禁感慨，昔日的辉煌与今日的荒凉之间，究竟隔了多少个春秋的更迭。然而，正是这份荒凉，赋予了统万城一种别样的美，一种超越时间与空间的、直击心灵的美。

随着夕阳西下，天边渐渐染上了橘红色，统万城也被染上了一层温暖的余晖。这一刻，我仿佛能听到历史的低语，感受到这片土地上曾经有过的爱恨情仇、悲欢离合。离开时，我不禁回头望了一眼这座古老的城池，心中默默许下愿望，愿统万城的故事能被更多人知晓，让这份历史的记忆得以传承，永远闪耀在中华大地的历史长河中。

离开统万城的沧桑，驱车前往波浪谷，则是另一番截然不同的景象。这里，大自然的鬼斧神工将原本平凡无奇的黄土高原雕琢成一幅幅令人震撼的画卷。阳光透过稀疏的云层，洒在那些层层叠叠、蜿蜒曲折的沟壑之上，金色的光辉与红、黄、白、绿等多种色彩交织在一起，形成了一片片色彩斑斓的波浪状地貌，故得名"波浪谷"。随着步伐的移动，周围不断变换着色彩与纹理，宛如行走在流动的彩色河流之中。每一道沟壑，每一条曲线，都像是大自然精心布置的迷宫，引人探索，又令人沉醉。四周，偶尔传来几声鸟鸣，清脆悦耳，更添了几分宁静与祥和。

抬头远望，群山环抱下的波浪谷更显壮阔。那些由风雨侵蚀、水流冲刷形成的奇特景观，历经千年的洗礼，依旧保持着那份原始的野性与美丽。它们静静地诉说着过往的故事，让每一个踏入此地的游人，都不由自主地放慢脚步，用心聆听，感受这份来自远古的呼唤。

随着深入探索，你还会发现，波浪谷中隐藏着许多不为人知的小径与秘境。或许是一处隐秘的泉眼，清澈甘甜；或许是一片静谧的草地，野花烂漫。这些意外的发现，总能让人的心灵得到一次又一次的洗涤与升华。行走在这样的地方，不禁让人感叹于大自然的神奇与伟大，也更加珍惜眼前这份来之不易的宁静与美好。波浪谷，一个让人流连忘返的神奇之地，它用独有的方式，讲述着黄土高原的传奇与魅力。

继续深入靖边，青阳岔中共中央驻地旧址静静地诉说着革命年代的故事。这里曾是中共中央转战陕北时的重要驻地，毛泽东等老一辈革命家曾在此运筹帷幄，指挥全国的革命斗争。走进旧址，仿佛能穿越回那个烽火连天的岁月，感受到革命先烈的坚定信念和不懈奋斗。

安边：起义的烽火，城墙的守望

离开靖边，前往定边县的安边镇，首先映入眼帘的便是安边古城墙。它历经风雨沧桑，依然屹立在这片广袤的黄土地上，仿佛一位沉默的老者，静静地诉说着千年的故事。城墙由厚重的黄土夯筑而成，外表虽已斑驳，却难掩其曾经的坚固与辉煌。城墙之外的八里河，虽不复当年波光粼粼、深邃难测之景，但清澈的水流环绕，为这座古老的城镇增添了几分生机与活力。八里河畔，杨柳依依，随风轻摆，仿佛在为过往的行人低语，讲述着城墙内外发生过的悲欢离合。站在城墙上远眺，四周是广袤的田野和连绵不绝的山峦，一片绿意盎然，生机勃勃。近处，是错落有致的民居和袅袅升起的炊烟，一派宁静祥和的田园风光。在这里，时间似乎放慢了脚步，让人忘却尘世的烦恼，只想沉浸在这份宁静与美好之中。

安边的城墙，不仅是一道防御的屏障，更是历史的见证，文化的传承。它承载着这片土地的记忆与梦想，见证了时代的变迁与发展。在未来的日子里，它将继续守护这片热土，迎接着每一个远道而来的旅人，讲述着属于它的不朽传奇。

走进安边起义纪念馆，仿佛穿越了时空的隧道，回到了那段波澜壮阔的革命岁月。馆内陈列着珍贵的历史文物和照片，每一件展品都静静地诉说着那段可歌可泣的故事。墙上挂着的起义领导人画像，目光坚定，仿佛在凝视着后人，传递着不屈不挠的革命精神。游客们或驻足凝视，或低声交流，无不被这份厚重的历史所震撼。在这里，我们深刻感受到革命先烈为了民族独立和人民幸福所付出的巨大牺牲，更加珍惜当下来之不易的和平生活。

定边：盐湖的璀璨，治沙的奇迹

离开安边，驱车二十余公里来到定边的千年盐湖，仿佛踏入了一幅古老而神秘的画卷。阳光轻轻洒落在波光粼粼的湖面上，将这片古老的盐田镀上了一层耀眼的金辉。盐湖边，一座座盐堆错落有致，它们见证了岁月的沧桑与变迁，每一粒盐晶都蕴含着千年的故事。微风拂过，带来一丝丝咸湿而又清新的气息，那是大自然独有的味道，让人心旷神怡。沿着湖边漫步，可以看到不时有鸟儿掠过水面，或低飞盘旋，或驻足歇息，它们似乎也被这千年盐湖的独特魅力所吸引。夕阳西下，天边染上了绚烂的晚霞，盐湖更添了几分柔情与浪漫。此刻，站在盐湖之畔，仿佛能穿越时空，与古人对话，感受那份跨越千年的宁静与美好。

定边的千年盐湖，不仅是一处自然景观，更是一本厚重的历史书，记录着这片土地上的故事与传奇。每一次的探访，都是一次心灵的洗礼，让人在感受自然之美的同时，也深刻体会到人类与自然和谐共生的美好愿景。

离盐湖的不远处，还有一处不可忽视的历史遗迹——三五九旅打盐窑洞遗址。这里曾是抗日战争时期，八路军三五九旅在定边开展生产自救、支援前线的重要场所。战士们利用当地丰富的盐资源，开挖窑洞制盐，不仅解决了部队的给养问题，还为当地的经济发展做出了贡献。这些窑洞遗址，见证了革命军人的艰辛与智慧，也彰显了军民鱼水情的深厚情谊。

在定边，还有一位治沙英雄——石光银。他几十年如一日地坚守在毛乌素沙漠边缘，带领乡亲们植树造林、防风固沙，创造了生态治理的奇迹。石光银治沙展览馆，不仅展示了石光银及其团队治沙的艰辛历程和丰硕成果，更传递了一种坚持不懈、勇于挑战的精神力量。在这里，你可以感受到人与自然和谐共生的美好愿景，也可以为那些默默奉献的治沙人点赞。

最后，让我们来到定边县张崾先镇的铁角城。铁角城，一个听起来就充满历史厚重感的名字。这里是中央红军长征途中进入陕西的第一站，具有重要的历史意义。站在铁角城的革命纪念碑前，仿佛能穿越时空，看到当年红军将士们风尘仆仆、英勇向前的身影。这里不仅见证了红军的英勇与智慧，也见证了陕北人民对革命事业的坚定支持与无私奉献。

行走在三边大地上，每一步都充满了历史的厚重与自然的壮美。三边之行，是一次穿越历史的苍茫与辉煌的旅程。从靖边的统万城到波浪谷的自然奇观，从安边起义的烽火到城墙的守望，再到定边盐湖的璀璨与治沙的绿色奇迹，每一处都让人感受到这片土地的深邃与厚重。这不仅是一次对自然美景的欣赏，更是一次对革命精神的追寻与传承。在这片充满故事的土地上，我们仿佛能听到历史的回响，感受到那份不屈不挠、勇往直前的力量。三边之旅，不仅让我们的双眼得到了满足，更让我们的心灵得到了洗礼与升华。

榆林这座城

在中国辽阔的版图上，有一座被黄土高原深情拥抱的城，它静默地矗立，历经千年的风霜雨雪，依旧坚韧不拔，这便是榆林——一座承载着厚重历史与灿烂文化的古城。榆林，不仅仅是一个地理名词，它是时间的低语，是历史的见证者，更是无数人心中的一抹乡愁与向往。

榆林，位于陕西省最北部，地处毛乌素沙漠与黄土高原的交界地带，这里既有大漠孤烟的壮阔，又有黄土高原的苍茫。每当晨曦初破，第一缕阳光穿透薄雾，照耀在这片古老的土地上时，榆林仿佛被镀上了一层金色的光辉，显得格外庄重而神秘。这座城，就像是黄土高原上的一颗璀璨明珠，虽不张扬，却自有一股难以言喻的魅力，吸引着无数游客前来探寻。

走进榆林，仿佛穿越了时空隧道，每一步都踏在了历史的脉络上。古城墙，作为榆林最直观的历史印记，历经风雨侵蚀，依旧巍峨耸立，诉说着往昔的辉煌与沧桑。城墙之上，青砖斑驳，每一块砖石都仿佛在低语，讲述着那些金戈铁马、烽火连天的故事。站在城墙上远眺，只见城内古街巷陌，错落有致，老宅深院，古朴典雅，仿佛一幅幅生动的历史画卷徐徐展开。

榆林的历史，是一部厚重的史书。从春秋战国时期的边陲小镇，到明清时期的九边重镇，再到近代的商贸集散地，榆林见证了中华民族从弱小到强大的历程。在这里，可以感受到"大漠孤烟直，长河落日圆"的边塞风情，也能体会到"商贾云集，市井繁华"的盛世景象。

榆林还是中国民间艺术的宝库，陕北民歌、榆林小曲、剪纸艺术、泥塑等非物质文化遗产在这里得到了很好的传承与发展。每当夜幕降临，古城内便会响起悠扬的陕北民歌，那高亢激昂的曲调，仿佛能穿透岁月的尘埃，直击人心。榆林的剪纸，更是以其独特的艺术魅力，吸引了国内外众多艺术爱好者的目光。一把剪刀，一张纸，在艺人的巧手下，便能幻化出千姿百态、栩栩如生的图案，让人叹为观止。

说到榆林，不得不提榆林人的精神风貌。榆林人以其勤劳、坚韧、质朴、热情的品质，书写着属于自己的传奇。他们不畏艰难、勇于开拓，用汗水浇灌着这片黄土地，创造了一个又一个奇迹。无论是在田间地头辛勤劳作的农民，还是在工厂车间默默奉献的工人，抑或是在科研领域不断探索的学者，榆林人都以自己的方式，为这座城市的发展贡献着力量。

榆林还是一座红色之城。在革命战争年代，这里留下了许多可歌可泣的英雄事迹和革命遗址。走进榆林的一些特色展馆，一件件珍贵的文物，一幅幅生动的历史照片，让人深刻感受到革命先辈们为了民族独立和人民解放所付出的巨大牺牲和不懈努力。

榆林之美，不仅在于其深厚的历史文化底蕴，更在于其得天独厚的自然风光。这里既有广袤无垠的沙漠，又有绿意盎然的绿洲；既有巍峨挺拔的山峦，又有蜿蜒曲折的河流。黄土高原的风光，更是摄影爱好者的天堂。春天，万物复苏，绿意盎然；夏天，野花竞相绽放，五彩斑斓；秋天，金黄色的田野与各种树木交相辉映，构成了一幅幅美丽画卷；冬天，白雪覆盖下的黄土高原更显苍茫与辽阔，让人不禁感叹大自然的鬼斧神工。

随着时代的变迁，榆林这座古城也在不断地焕发着新的生机与活力。近年来，榆林依托丰富的煤炭、油气等资源，大力发展能源化工产业，成为国家重要的能源基地。同时，榆林还积极推进生态文明建设，加大环境治理力度，努力打造宜居宜业的现代化城市。如今的榆林，既有古老城区的宁静与古朴，又有新区的繁华与现代，两者相互交融，共同构成了这座城市的独特魅力。然而，榆林并没有忘记自己的根与魂。在快速发展的同时，这座城市依然注重生态环境的保护与修复。通过实施退耕还林、治沙造林等一系列生态工程，榆林的生态环境得到显著改善，黄土高原上的绿色正在不断蔓延。如今的榆林，不只是一座经济繁荣的现代化城市，更是一座人与自然和谐共生的生态之城。

在榆林的大街小巷，可以看到传统与现代和谐共生的景象。古色古香的茶馆里，人们品着香茗，聊着家常；现代化的购物中心内，则是熙熙攘攘的人群，热闹非凡。这种传统与现代的完美融合，让榆林这座城市更加充满了魅力与活力。

历史的车轮滚滚向前，榆林在保留传统文化的同时，也迈着现代化的步伐。近年来，随着国家西部大开发战略的深入实施，榆林的经济社会发展取得了显著成就。能源化工、现代农业、文化旅游等产业蓬勃发展，为这座城市注入了新的活力与动力。高楼大厦拔地而起，现代化的交通网络四通八达，榆林正以更加开放的姿态，迎接来自四面八方的朋友。

榆林这座城，像是一本厚重的书，每一页都记录着不同的故事与风景。它既有历史的深邃与厚重，又有文化的璀璨与多元；既有自然的壮丽与秀美，又有现代的繁华与便捷。在这里，可以感受到时间的流转与沉淀，也可以领略到生活的美好与多彩。榆林，这座黄土高原上的明珠，正以它独有的方式，向世人展示着它的魅力与风采。

探寻波罗古堡

在历史的长河中，总有一些地方，它们不仅仅是地理上的坐标，更是时间的见证者，文化的传承者。2024 年 5 月末，当春风已逝，初夏初临，我有幸踏入了榆林市文联直属文艺家协会会员培训班的第七期课堂，这次学习的地点选在了充满历史韵味的榆林市横山区。在这里，我们不仅汲取了文学创作的灵感与技巧，更在波罗古堡的沧桑与横山起义历史陈列馆的庄重中，聆听了一段段穿越时空的故事，感受了历史与文学的深刻交融。

在横山的第三日清晨，阳光正好，微风不燥，我们一行人驱车前往波罗古堡。波罗古堡，这座屹立于黄土高原之上的古老城堡，仿佛是大地母亲怀抱中的一位沧桑老者，静静地诉说着千年的风雨变迁。古堡的城墙虽已斑驳，却依然坚韧不拔，每一块砖石都镌刻着岁月的痕迹，让人不由自主地放慢脚步，用心感受那份沉甸甸的历史感。

走进古堡，一股古朴的气息扑面而来，仿佛瞬间穿越回了那个金戈铁马的时代。古堡内的布局错落有致，既有军事防御的严谨，又不失生活居住的温馨。我们沿着蜿蜒的青石板路缓缓前行，每一步都似乎踏在了历史的脉络上，感受着古人的智慧与勤劳。

在波罗古堡的一隅，矗立着横山起义历史陈列馆。这是一座记录革命先烈英勇事迹的殿堂，也是了解横山乃至陕北地区革命历史的重要窗口。走进陈列馆，首先映入眼帘的是一幅幅生动的历史照片和翔实的文字介绍，它们如同一部部生动的历史教材，将我们带回了那个烽火连天的年代。

横山起义，作为陕北地区革命斗争的重要篇章，其背后是无数革命先烈用鲜血和生命书写的壮丽史诗。在那个动荡不安的年代，在党的领导下，广大指战员不畏强敌，英勇抗争，最终取得了革命的胜利，为陕北乃至全国的解放事业做出了不可磨灭的贡献。陈列馆内，一件件珍贵的革命文物、一幅幅感人至深的先烈画像，无不让人肃然起敬，心潮澎湃。

在波罗古堡的每一块砖石间，在横山起义历史陈列馆的每一幅展品前，我仿佛听到了文学与历史之间的低语与对话。历史是文学的土壤，它为文学创作提供了丰富的素材和深刻的主题；而文学是历史的镜子，它以独特的艺术形式反映着历史的真实面貌，传递着历史的精神内涵。

作为一名青年作者，我深知自己肩负着记录时代、传承文化的重任。在波罗古堡的这次学习中，我深刻感受到了历史与文学之间的紧密联系。我开始思考，如何用笔触去描绘这段波澜壮阔的历史，去刻画那些英勇无畏的英雄形象，去传递那份坚定不移的革命信念。

在波罗古堡的每一个角落，在横山起义历史陈列馆的每一处细节中，我都找到了创作的灵感火花。我下定决心开始构思一部我即将要出版的散文集，以陕北的黄土高原和白于山区为题材，通过散文的形式，将我童年的记忆以及家乡的发展变化展现于读者眼前，让更多的人了解陕北，体验那里淳朴的民风和壮美的自然风光，感受千年窑洞的温暖与历史的沉淀，聆听信天游的悠扬，品味黄土高原的独特魅力。

通过这次培训，我更加深刻地认识到，作为一名书写者，我们不仅仅是在进行文学创作，更是在履行一种社会责任。我们要用自己的作品传递正能量，弘扬主旋律，引导人们树立正确的历史观、民族观、国家观。我们要用自己的笔触记录时代的变迁，反映社会的风貌，讴歌那些为国家和民族做出贡献的英雄人物。

在未来的创作中，我将继续秉承这一理念，不断深入生活、深入群众，从中汲取创作的灵感与营养。同时，我也将不断学习、不断进步，努力提高文学素养和创作水平，为繁荣家乡的文学事业贡献自己的一份力量。

当培训的尾声悄然来临，我站在波罗古堡的城墙上，望着远方那片广袤的黄土高原，心中充满了无限的感慨与期待。这次学习不仅让我收获了知识、拓宽了视野，更让我深刻感受到了历史与文学的独特魅力。我相信，在未来的日子里，我将带着这份收获与感悟，继续在文学的道路上探索前行，用自己的作品记录时代的变迁、传承文化的精髓、弘扬革命的精神。

　　而波罗古堡和横山起义历史陈列馆，也将永远成为我文学创作中不可或缺的一部分。它们将如同两座永恒的灯塔，照亮我前行的道路，引领我不断追寻那些隐藏在历史尘埃中的真实与美好。在未来的日子里，每当夜深人静之时，我总会想起那座古老的城堡和那些英勇的先烈，他们的形象将永远镌刻在我的心中，成为我文学创作中永不枯竭的源泉与动力。

胜利山的荣光

　　吴起县，一座以战国名将吴起命名的边塞小城，承载厚重的历史与辉煌的革命记忆。每当闲暇之际我经常去吴起县游玩，我的好多亲戚都在这里居住。每一次的到访，都让我对这片土地的热爱愈发深沉。

　　胜利山屹立于黄土高原，山势雄伟，峰峦叠嶂。登上山顶，极目远眺，广袤的黄土高原尽收眼底，千沟万壑纵横交错，仿佛诉说着岁月的沧桑。然而，这片看似贫瘠的土地，却孕育了伟大的革命精神，见证了无数可歌可泣的英雄事迹。

　　1934 年 10 月，由于第五次反"围剿"失败，中央红军被迫进行战略转移。从瑞金突围后，中央红军历时一年多，途经 11 个省份，行程二万五千里，于 1935 年 10 月进入陕北苏区的大门吴起镇，与刘志丹率领的陕北红军胜利会师。正如雕塑底座镌刻着的毛主席那句名言："陕北是两点，一个是落脚点，一个是出发点。"因此，吴起镇成为中共中央和中央红军长征胜利的落脚点，也成为中共中央领导全国革命由胜利走向胜利的出发点。

胜利山，这座吴起县的地标，见证了那段波澜壮阔的历史。当我踏上这片土地，仿佛能听到当年红军战士们的铿锵脚步声，感受到他们坚定的信念和无畏的勇气。山上的草木似乎都在诉说着那段传奇，微风拂过，枝叶沙沙作响，仿佛是在向每一位来访者讲述着过去的故事。

沿着胜利山蜿蜒的台阶前行，石碑上刻着红军长征的历史事迹，让人不禁驻足凝望。每一个文字都饱含着深情，每一个段落都记录着艰辛。我想象着红军战士们在这片土地上的奋斗与拼搏，他们爬雪山、过草地，历经千辛万苦，终于在这里找到了希望的曙光。

登上山顶，俯瞰整个吴起县，眼前的景象让人感慨万千。昔日的边陲小镇，如今已焕发出勃勃生机。高楼大厦拔地而起，街道上车水马龙，人们的脸上洋溢着幸福的笑容。这一切，不正是当年红军战士为之奋斗的目标吗？他们用鲜血和生命换来了今天的和平与繁荣，我们又怎能不珍惜这来之不易的幸福生活？

在胜利山的一侧，有一座红军长征纪念馆。走进馆内，一幅幅珍贵的历史照片、一件件陈旧的武器装备、一封封感人至深的书信，都在向人们展示着那段艰苦卓绝的岁月。我看到了红军战士们穿过的鞋子，那粗糙的鞋面和磨损的鞋底，见证了他们走过的漫长征程；我看到了战士们用过的步枪，那锈迹斑斑的枪身，仿佛在诉说着战斗的激烈。在纪念馆的一角，还播放着当年红军长征的纪录片，那一幕幕震撼人心的画面，让我的眼眶湿润了。

走出纪念馆，来到了一片开阔的广场。广场上矗立着一座巨大的红军雕塑，战士们的形象栩栩如生，他们目光坚定，勇往直前。在雕塑的下方，一群孩子正在嬉戏玩耍，他们的笑声在空气中回荡。看着这一幕，我心中涌起一股暖流。红军战士们的牺牲和奉献，为的就是让后代们能够过上幸福快乐的生活。如今，他们的愿望实现了，我们有责任将这份红色基因传承下去，让革命精神永放光芒。

离开纪念馆，漫步在吴起县的街头巷尾，能感受到这座小城独特的魅力。古老的窑洞建筑与现代的高楼大厦相互交融，传统的文化与时尚的元素相得益彰。这里的人们热情好客，脸上洋溢着幸福的笑容。他们以勤劳和智慧，在这片曾经洒满烈士鲜血的土地上，创造着美好的生活。

傍晚时分，夕阳的余晖洒在胜利山上，给整个山体披上了一层金色的外衣。我站在山顶，思绪万千。回首过去，我们铭记历史；展望未来，我们充满信心。吴起县的胜利山，不仅是一座山，更是一座精神的丰碑，永远屹立在人们的心中。

如今，胜利山已成了一个重要的爱国主义教育基地。每年都有无数的人来到这里，追寻红军的足迹，感受革命的精神。他们在这里接受心灵的洗礼，汲取前进的力量。

近年来，随着旅游业的发展，胜利山吸引了越来越多的游客。游客们来到这里，不仅欣赏到美丽的自然风光，更重要的是，他们在这里接受了一次深刻的爱国主义教育。通过参观纪念馆、聆听讲解，游客们更加深入地了解了那段波澜壮阔的历史，感受到了革命先烈们的伟大精神。

夜幕降临，华灯初上，吴起县的街头巷尾弥漫着浓郁的生活气息。广场上，人们随着音乐的节奏翩翩起舞；夜市里，美食的香气扑鼻而来，吸引着众多食客；公园里，孩子们在尽情地玩耍，笑声回荡在夜空。这座小城，在宁静与热闹之间，展现独特的魅力。

胜利山的夜晚格外宁静，繁星点点，明月高悬。我带着满满的收获和感慨，踏上了归程。但我知道，吴起县的故事还在继续，它的传奇将永远流传。

红色志丹，精神永传

志丹县，这座紧靠吴起县的陕北小城，承载着深厚的历史与革命的荣光。一次偶然的出差机会，我走进了这片充满传奇色彩的土地，踏入了刘志丹烈士陵园。虽然此次未涉足墓区，但陵园中的一草一木、一砖一瓦，都仿佛在诉说着那段波澜壮阔的岁月，让我对志丹县有了更深的认识和感悟。

初入志丹县，便能感受到它独特的陕北风情。沟壑纵横的黄土地，古朴的窑洞错落有致地分布在山腰间，那是陕北人民智慧与勤劳的结晶。湛蓝的天空下，信天游的旋律似乎在空气中飘荡，悠扬而深情，诉说着这片土地上的故事。

刘志丹烈士陵园，坐落在县城的北边。走在陵园的台阶上，首先映入眼帘的是高耸的大门，碑上镌刻着"刘志丹烈士陵园"几个大字，在阳光的照耀下熠熠生辉。走进陵园，苍松翠柏环绕，郁郁葱葱，仿佛是忠诚的卫士，守护着烈士的英灵。沿着青石铺就的小路前行，两侧的花坛中鲜花盛开，红的、黄的、紫的，五彩斑斓，为这庄严肃穆的氛围增添了几分生机与活力。

陵园内有一座刘志丹革命事迹陈列馆，里面陈列着刘志丹将军的生平事迹和他领导陕北红军的战斗历程。看着那些珍贵的历史照片和文物，我的思绪仿佛被拉回到了那个战火纷飞的年代。刘志丹，这位杰出的无产阶级革命家、军事家，为了中国人民的解放事业，英勇无畏，浴血奋战。他创建的西北革命根据地，为长征提供了重要的落脚点，为中国革命的胜利做出了不可磨灭的贡献。

在陈列馆中，我看到了刘志丹将军用过的手枪、穿过的军装，还有他亲笔写下的书信。那一封封书信，字里行间透露出他对革命事业的坚定信念和对人民的深情厚爱。他在艰苦的环境中，始终坚守着自己的理想，为了实现民族独立和人民解放，不惜牺牲一切。这种无私奉献、英勇无畏的精神，让我深受感动。

走出陈列馆，我来到了陵园的广场上。广场上有许多人，有的在散步，有的在缅怀先烈。我看到一位老人，正坐在长椅上，目光凝视着纪念碑，眼中闪烁着泪光。我走上前去，与老人交谈起来。老人告诉我，他是一位老红军的后代，从小就听着刘志丹将军的故事长大。他说，刘志丹是他们心中的英雄，是志丹县人民的骄傲。如今，生活越来越好，但他们永远不会忘记那段历史，永远铭记先烈们的付出。

离开刘志丹烈士陵园，我漫步在志丹县的街头。这座小城虽然不大，但充满了活力。街道两旁的店铺琳琅满目。在与当地居民的交流中，我了解到，志丹县近年来发生了翻天覆地的变化。经济发展迅速，特色农业、旅游业蓬勃发展。曾经的贫困县，如今已经走上了致富的道路。

旅游业是志丹县的一张亮丽名片。除了刘志丹烈士陵园，这里还有许多值得一游的景点。比如，九吾山森林公园，山清水秀，景色迷人。游客们可以在这里登山远眺，欣赏大自然的美景，感受宁静与祥和。还有洛河大峡谷，峡谷幽深，壁立千仞，河水奔腾而下，气势磅礴。这些独特的自然风光，吸引着越来越多的游客前来观光旅游。

夜幕降临，志丹县灯火辉煌。广场上，人们伴随着欢快的音乐跳起了广场舞，孩子们在一旁嬉戏玩耍。这一刻，我深切地感受到了这座小城的幸福与和谐。志丹县，这片曾经洒满烈士鲜血的土地，如今正焕发出新的生机与活力。

在志丹县的这次短暂停留，让我收获颇丰。我不仅领略了这里的自然风光和人文风情，更重要的是，我深刻地感受到了刘志丹等革命先烈的精神在这里传承和发扬。他们的英勇事迹和崇高精神，激励着一代又一代的志丹人民，为建设美好家园而不懈努力。

作为一名游客，我带着满满的敬意和感动离开了志丹县。但我相信，志丹县的未来一定会更加美好。这里的红色基因将永远传承，这里的人民将继续书写新的辉煌篇章。而我，也将把在志丹县的所见所闻所感铭记心中，在今后的工作和生活中，以革命先烈为榜样，勇往直前。

志丹县，这座红色的小城，将永远留在我的记忆深处。

往事如烟

碾道深深

面对当今社会日益增多的从流水线上生产出来的食品，我越来越思念乡下的石头碾子以及发生在碾道里的那些往事……

20世纪七八十年代的陕北，碾子是一幅淳朴的风俗画。从我记事起，老家大妈家的一孔破旧窑洞里就有碾子。那时村里没有一条像样的进出道路，只有村东面往外界那条崎岖的路能勉强走驴车。碾子是用上好的砂石料锻造的，而这种砂石料，只有40多里开外的集镇才有。我一直弄不清楚，在没路没汽车的那个年代，重达数吨的碾子是如何运进村的。长大后我才明白，这里倾注了乡下人的汗水和睿智。碾磙子是用两头拉套骡子历尽颠簸拉进村里的。而重达数吨、直径3米多碾盘的运输，并不是一件简单的事。首先要把路况勘察好，并选择冬季道路冻实的三九天，防止因道路松软而造成塌陷。搬运那天，要动用十几个壮实劳力。还要将碾盘立起来，在碾盘中心穿一根粗细适中的木杠，形成一根推轴，两头分别有四五个人推，碾盘两侧再让三四个人扶，上坡时人是动力，下坡时则当阻力。人们用最原始的方法，完成了一项在乡村来说不算小的工程。

一盘设施齐全的碾子，由碾盘、碾砣子、碾杆、碾轴和碾钩组成。除了这些，碾磨粮食时，还需有与之配套的簸箕、笤帚、纱箩等。如果要用驴拉碾子，配套的东西就更多：围脖，是一种套在驴脖子上用棕扎成、用粗布包裹的套子，防止驴拉碾子时伤及皮肉；套杆，由套、套绳和套钩组成，是连接碾子与驴的工具；捂眼，是一块颜色厚重的布，用于捂住驴子的眼睛，使其不受干扰专心拉碾子；顶嘴杆，是一根细长的木杆，一头拴在碾杆上，另一头固定在驴的笼头上，解决有的驴偷吃粮食的问题。用驴拉碾子是件奢侈活，因此除了加工量较大的活外，多数情况下，都是人工干。在碾磨过程中，一家人有的推碾子，有的打理碾边的粮食，有的或簸或罗，其乐融融。如果左邻右舍的人看见了，又不太忙，也会搭把手帮忙，碾子活也就在有说有笑中完成了。

碾子在农村，不是全村人的集体财产，也不是私人财产，它以独特的所有制形式而存在——片区内使用者的共有财产。比如，村西安装的碾子叫西碾子，村东安装的碾子，叫东碾子，购买碾子及维护费用，使用者均摊。偶尔有村西的人家使用村东的碾子，倒也无人计较，但这样的情况并不多见。不知是安装一盘碾子不易，还是因为那是专门加工粮食的缘故，在农村，碾子和磨很神圣，被人们称为"青龙白虎"，再淘气的孩子平时也不敢爬上碾盘去玩耍。碾子的使用，还有一个约定俗成的规矩：或笤帚，或压碾石，或簸箕，乡亲看到碾盘上放着这种物件就知道，这碾子有人预约要使用了。

碾道里还能看出一家人尊老爱幼的程度。一盘碾子，受力程度不一，这类似于杠杆的原理。一根碾杆，距碾磙越近的部位，推起来越费劲，碾道外圈比内圈要多走许多路。一家人推碾子时，总是让老者或孩童在省劲的部位，而吃力的部位，便是家里的壮劳动力了。农村有"推碾挑碾杆、吃饭找大碗"的口头禅，来形容那些不舍得下力气干活的人。家庭成员哪个勤奋、哪个懒惰，通过碾子就能看出个大概。

碾道是一段难抹的乡愁。在那个年代，大多数的村子基本都有石碾、石磨的碾棚或窑洞，可以在加工粮食时躲避风雨。但也有的村庄没有碾棚，这就带来一个问题：冬天里使用碾孚，因为天气冷，稍微有点湿度的粮食碾压过程中会出现结冰现象，使用前还需做一项工作——熏碾子。熏碾子也有讲究，在碾盘下塞上柴草，从头天晚上便开始点着，既要保证第二天使用时碾盘发热，不至于结冰，又不能用明火，以免把碾盘烧裂造成缝。所以，一个"熏"字，准确把握了温度和火候。

碾子上的活计，是体力活，也是技术活，其中碾米是最为讲究的活计。碾米，就是将脱粒后的谷子加工成小米。谷子先要晒干，这也有个度。谷子过热会产生碎米，没有经验干不成，人数少了也不成。用碾子加工小米，原理类似于用石磨加工豆浆。在碾磙轧过的瞬间，小米像珍珠般均匀地在碾盘周边形成一道美丽的圆圈。碾米的关键技术是掌握厚薄程度，太厚了溢出的仍然是谷子，太薄了，加工出来的多半是碎米。

以前在农村，家家都有三五个子女，有七八个子女的也不在少数。依当时的生活水平和家庭结构，注定对子女采取"粗放式经营"。父母要下地参加集体劳动。这就苦了大一点儿的孩子。这些孩子到十二三岁时，除了上学，还额外担负两项任务：看护比自己小一点儿的弟弟或妹妹、提前回家做饭。最考验人的是，有的父母下地前没来得及准备，做饭的孩子还要拿着粮食到碾道里加工，并且要赶在父母收工时将加工好的粮食做成饭。尽管上学、看弟弟妹妹、加工粮食和做饭的事全压在了这孩子身上，但挨批甚至挨打还是经常发生，原因在于这些孩子或是让弟弟妹妹碰伤了，或是加工的粮食太粗糙了，或是做了糊饭、夹生饭。这样的生活磨难，让许多乡下的孩子锻炼出了吃苦耐劳的品质。

一盘碾子，加工的是粮食，晾晒的是百姓的生活水平和生活态度。计划经济时期，虽然农村生活没有大的贫富悬殊，但哪家会过日子、生活殷实，哪家大手大脚、生活拮据，从碾盘上就能看出个大概。如果秋收后有的人家仍然在碾子上加工陈粮，说明这家有余粮，日子过得还不错；而那些青黄不接的农户，往往在新粮刚刚收获后，就急不可耐地将带着湿气的粮食上碾加工。会过日子的人家，会将加工小米后分离出的谷糠掺上玉米，加工成一种叫糊面的东西与主粮拌着吃，让日子细水长流；大手大脚的人家，则把谷糠用于喂猪或换成稀罕物品。

碾道深深，乡味浓浓。现在，碾子在农村已成了一种回忆。由于没了原生态的加工和加工过程中附着在粮食上的特有气息，包括乡下人在内，饭碗里的香甜味逊色了许多。乡下人走出碾道，走出大山，走进城市，去圆在碾道里永远无法圆的梦。当然，伴随着的，还有碾道留给他们的缕缕乡愁。

水缸里的童年

　　我出生在陕北白于山区的农村，我的童年记忆是从一口水缸所萌生的。打我记事起，老家的两口水缸和一口米缸就雄踞窑洞里的一角，像一个个冰凉挺着大肚子的巨人，又像一个个沉默寡言傲慢的家庭成员。

　　在我幼年时，农村的水窖还没有普及，人们吃水都要靠牲口到山下的沟里去驮，因此，家家户户都有一口或两口蓄水的水缸。每天早晨天刚亮，下沟驮水的牲口铃铛声与驮水人的吆喝声此起彼伏，热闹了通往沟里水泉的羊肠小道。小时候在农村，家里的小孩经常要帮大人赶牲口去沟里驮水，一天驮一回是常态，有时候得驮两三回。记得去沟里驮水大多是我的母亲，有时候母亲也会带上我，从家里到沟底，驮水的山路弯弯曲曲，又陡又长，每次驮水回来的路上，母亲总会让我抓着牲口的尾巴，母亲则拉着牲口在前面走，因为从沟里往回走要经过一段很长的坡，抓住牲口的尾巴一点也感觉不到累。看着父亲和母亲歪着肩膀一起将牲口上的木桶抬进窑洞里，我自然袖手旁观看着水从木桶里哗哗地流进缸里，有种"飞流直下三千尺"的感觉。水在缸里打着旋，转眼之间吞没了褐色的缸壁。装满水的水缸像一位朴实、憨厚的庄稼汉，静静地蹲在那儿，不闹不嚷，不卑不亢。

由于水缸一年四季都装满了水，总是湿漉漉的，从未见它干过。为了防止灰尘或其他杂物侵入，平时会在水缸上加个盖子。邻居大妈家的水缸盖是木制的，而我们家的水缸盖是用高粱秆一个一个编制的，把编制好的高粱秆按照缸口的形状大小用刀子裁剪好，既轻巧又美观，还能在上面搁置一些像锅碗瓢盆等的家用小物件。由于吃的是沟里的水，时间长了水缸底部也会沉积一些泥垢，需要定时清洗干净。我们家的水缸较大，每次都是父亲和母亲两人将缸放倒后小心翼翼地清理，偶尔我也会凑上去对着缸口吆喝几声，声波通过缸壁弹回来的声音特别神奇，总想多玩一会儿。那时，由于水缸算是家里一件不算便宜的家当，每次玩的时候总会换来父亲严厉的责骂声。

听母亲说家里的水缸是父亲去很远的集市上买来的。那时的父亲身强力壮，一口气把水缸背回家。等父亲把缸放在窑洞里的时候才发现背上已被磨出了好几道伤口。从那以后，一桶桶清粼粼的水，就这样哗哗地倒进大缸里。有一次，我家的另一口水缸裂缝了，父亲便把邻村的一位补缸匠喊了过来。补缸匠修修补补敲敲打打的样子，我看了觉得挺有趣的，就蹲在他旁边睁大了眼睛看他干活。也许是怕我乱动他干活的工具，他一边干活儿，一边斜眼盯着我说："小娃娃没事千万不能在水缸前随便玩耍。"我就问他为什么，他便给我讲起了他们村有一个小孩趁大人不在家，踩着凳子在水缸前玩耍，结果不小心掉进缸里淹死了的故事。他一边讲一边握着一把小榔头，顺着缸沿往下笃笃地敲着，等裂缝稍大一点时，他就把拌好的腻子粉嵌进缝隙里，随后用手钻钻孔，将竹子皮牢牢地绑上。箍好的缸，不能马上就用，得过个三五天，等腻子粉干了才可用。这个活儿，看着极简单，可是做起来却是很难的。榔头敲缸时的手劲，轻重要适宜，轻了不起作用，重了容易把缸敲碎。

我是喝着水缸里的水长大的，特别是到了夏天，每当跟小伙伴从外面玩回来口干舌燥的时候，舀一勺水"咕咚咕咚"一口气喝下，那股沁人心脾的清凉，甭提有多爽了。那时候不知道什么是饮料，现在总觉得缸里的水比饮料喝着有味。每到严冬季节，水缸里的水总会结出一层薄薄的冰碴，对于那时农家的孩子来说，那冰碴带来的快乐，是现在的孩子们所无法想象的。用水瓢小心地捞起一块，吃在嘴里，脆响脆响的，冰牙根，凉到心底，现在想起来觉得比吃雪糕还过瘾。

有时我会在宁静的夜里听见"哗哗"的流水声，仿佛来自农村老家，仿佛来自一条清澈的小溪，一直流进苍老的水缸里，又仿佛是母亲拿着水瓢从水缸里舀水的声音。时光流逝，苍老了母亲的容颜，尘封了苍老的水缸，也带走了我的童年。

山　魂

　　天近黄昏时，黄土高原的白于山千沟万壑，连绵起伏。夕阳的光芒弱了下来，呈橘红色，暖暖的，不由得让人沉入往事的回忆。不远处的山梁上，一个庄稼汉放下锄头蹲在地上抽着旱烟，他那身褪了色的衣服总像蒙着一层灰尘。庄稼汉的脸上布满了深深的皱纹，自然显出艰辛、忧愁的模样。夕阳的橘红色没能给他带来一丝丝抚慰，他反而格外忧郁起来，两眼散漫地望着另一座山梁，轻轻地吸着烟斗边，刚烧旺了的烟叶却又让它慢慢地熄灭。

　　山梁上零零落落的几棵山桃树显得古老苍凉，树身奇怪地扭曲着，做出各种姿态。有微风吹过，树的枝头摇摇摆摆，仿佛一个老人庄重地摆着头。风至，庄稼汉又陷入无边无际的沉思冥想。庄稼汉的身后，是一片陡崖峭壁，陡峭得如从天上垂直下来一样，插入了河床。橘红色的霞光在陡峭的山崖上慢慢涂抹，却泛出一层淡淡的黄色，于是整个山崖更显得庄严肃穆。

　　一只野兔从一簇柠条堆里惊起，向前一蹿，左一躲，右一闪，拼命地朝着山梁上逃去。其速度如射箭，却还能看清那灰黄的身子一缩一弹地耸动……

在这样的一个傍晚，我顺着山梁回故乡。郁积已久的相思化为对这片山梁的热爱，整个身心沉浸在这油画般的风景里难以自拔，有着一种别样的惆怅。许多往事历历在目，全部关联着这架山梁，牵动思绪，似乎一旦按捺不住就要扯出更深的回忆。我努力地按捺着思绪，只想着这架山梁，故乡的山梁。

这架山梁原本没有确定的名字，我们的村子就在这架山梁的东北边。由于山梁的沟畔以前建有寺庙，所以村里的人们称为庙梁、庙梁子；后来，就是因为这座山梁上的寺庙，我们村也被命名为——寺沟村。

山梁上的寺庙是建在一块平坦的沟畔上的，当年约有一个足球场那么大，后来由于寺庙被毁、水土流失、沟畔塌陷等原因，剩下的面积也就相当有限了。听村里的老人说，这个寺庙建于宋代，有房屋十间，并建有大殿，大殿呈方形，殿内有神像、匾额、梁柱、墙隔等，还有各种石人、石狮子、石马等石雕。

寺沟村有许多这样的山梁，属于白于山区的旱地，农民都是靠天吃饭。为了生存，为了寻求活路，他们头顶着漫天的风沙，脚踩着厚厚的黄土，背扛着灼热的烈日，弯曲着黝黑的脊梁，年复一年，日复一日，一步一步地耕耘在漫漫黄土之中。他们一次次播撒着希望的种子，一遍遍收获着微薄的喜悦。

在庙梁的山下有一条沟,镶嵌在狭窄陡峭的两山之间,弯弯曲曲的小溪常年汩汩地流淌,汇入了白狼岔的河流。如果说白狼岔河流是陕北白于山区的一条大动脉,那么这条河沟里的小溪就是大动脉上的毛细血管。

我曾跟着父辈在这片土地上春耕、秋收……这里的一树一木、一花一草都是那样熟悉。

一个清晨,我跟着爷爷到梁上去耕地,不远处,鸟儿在树林里欢叫,短促而密集。远处的沟渠,一只布谷鸟在歌唱:"布谷,布谷……"声音悠扬空灵,让人陶醉。梁上的各种草叶皆挂着露珠,在霞光辉映下变幻着五彩斑斓的光彩。山下的河沟里,微风习习,波纹条条,七弯八拐地汇入到了下游的小河里,偶尔泛起雪白的浪花。河的两边,几株垂柳,长长的翠绿梢儿随风起舞,婀娜多姿。两只白肚黑背驴儿,时而相互轻轻地啃着对方的脖颈,时而悠闲地在地上打着滚,时而四蹄飞扬地撒着欢。

爷爷爱坐在地埂上抽烟,我爱嚼一节草根想入非非。爷爷一袋烟的工夫下来,便要说话了。他似乎知道这块土地上发生的一切故事,但又很难分清是什么年代,通通用一种严肃认真的态度来讲述,因此他的故事便有了特别的神韵。

爷爷以前也当过村干部。他淳朴善良、为人正直,勤俭持家、老实憨厚,终生躬耕于故乡的田间地头,放牛牧羊从不间歇。爷爷曾读私塾几年,喜读诗文古典,引经据典,教海他人。

那时候我在乡里读书，这座山梁是我们村去往乡里的必经之路，爷爷打心底里相信这座山梁的寺庙里有山魂之说。他常常讲起山魂，他那低沉的声音，给面前的这座山梁增添了一份神秘的色彩。

"山魂是有的，信不信由你！"爷爷讲完故事，总要很认真地叮咛一句。

爷爷走了，同时也带走了关于山魂的一切传说。

这些年，由于工作生活在外，很少有时间回到故乡。如今，我又走在这座山梁上，往事历历在目，过去的画面在脑海之中又鲜活了起来。

太阳将要落山，鲜艳的橘红色渐渐消退，变成了一种青白含混的光亮。山梁上的景物开始变得模糊起来，陡峭的山崖却有了几分狰狞，格外显眼。河滩上的雾很重，伴随着夜色四处游荡，河滩的对面忽隐忽现，神秘莫测。远处，一只猫头鹰发出刺耳的叫声，更渲染出黑夜山梁上那种虚悬恐怖的气氛。河沟里"哗哗"的流水声，又像许多人在窃窃私语，仿佛在谈论同一桩秘密。

我想起了山魂，想起爷爷讲的一些其他有关善恶的故事。天色已晚，我在梁上绕了一个圈便加快了步伐，前面不远处就到了村庄，天已全黑，东北冒出暗红色的月亮，五彩天光让人看了吃惊。远处几排油井场上的灯光泛着赤黄色的光亮，照亮了对面的山梁，一排排松树整齐划一地竖立着沉思冥想。

我顺着田间小路走去，村里有星星点点灯光，像是散落在半山腰上的积木，远处传来人声和狗叫的声音，还有一股亲切的泥土香扑鼻而来。此时，在我的内心深处，像把一颗心丢在了山梁的旷野里，丢在了那种美妙而又神秘的气氛中……

赶　集

　　我的故乡在陕北的黄土高原，那里千沟万壑，连绵起伏。一曲曲令人荡气回肠的信天游回荡在这片凝重、浩瀚、苍茫、神奇的黄土地上。

　　童年的家乡犹如一幅古老的画卷，一片片一望无际的黄土地，一孔孔月牙形状的土窑洞，一位缠着白羊毛肚毛巾的老人，一群洁白的羊群，几个在黄土坡上玩耍的孩子……而最让我记忆犹新的是那个年代赶集时的情景。

　　20 世纪八九十年代，对于陕北的农村人来说，赶集无疑是件既有趣又新鲜的事，也是人们生活中必不可少的一项活动。打我记事起，老家乡镇上的集市都以农历计算，逢一便是集，初一、十一、二十一，每月依次循环。也有其他乡镇的集市或逢农历三、六、九有集，或单日集、双日集，也不知是何年何月何人定下的规矩，这里的人们却永远铭记心中。

　　我们村离集市有二十多里路，赶集的那天早晨，太阳尚未露头，家家户户的窑院里炊烟袅袅升起，人们早早地起床开始生火做饭，梳妆打扮，做着赶集前的各种准备。

女人们拿出平日里压箱底舍不得穿的衣服，对着镜子一遍遍不厌其烦地穿着、试着、看着，仿佛不是去赶集，倒像是去相亲。男人们相对来说要朴素得多，一身朴素的中山装，只是干净了些，少了平日里的补丁。那些跟着大人准备去赶集的小孩子，也少了往日的破衣烂衫，被收拾得干干净净，精精神神。

太阳刚露出头角，小山村就像锅里的开水一样沸腾了，鸡鸣狗吠，人声嘈杂。张三在庄前吼李四，女子在垴畔喊着自己的闺蜜，后生在村口等着自己的心上人。

人们骑驴赶骡，套牛拉车。一瞬间，塬上、沟坎、崾坝的赶集人随着一片嘈杂声潮水般向集市涌去……

赶集的人们把一些自家土产品带到集市转手后，再填补些生活必需品，也有一些城里的生意人，几乎天天赶集，今天跑这个乡，明天跑那个镇，或开拖拉机的，或开小货车的，带些农村没有的各种各样的商品摆在马路两侧，诸如刚流行的录音机、磁带、小孩喜欢的玩具、流行服饰、糖果等，不停地扯着喉咙叫卖。赶集的人们乐此不疲地穿梭在各摊位之间，人人笑容满面。

集市上人头攒动，熙熙攘攘，有的购物、有的观赏、有的闲逛，一片欢乐祥和的景象，热闹非凡。集市不仅是调节生活余缺的一个场所，也是人们交流信息，联络感情的纽带。

集市有通往县城的简易公路，但车辆并不多。集市中间道路旁是一面缓坡，一道砖块铺成的路面通向上面几排砖石箍就的窑院，分别是乡政府机关，邮政所，卫生院，供销社，粮库，中心小学，照相馆，铁匠铺，理发店，还有几个小饭馆，麻雀虽小，五脏俱全。

离集市不远的一处空地上，是牲畜交易区，这里少了些嘈杂，多了些清静。空地上拴着些驴、骡、牛，有的在吃着草料，有的在地上悠闲地打着滚。最忙，最活跃的当属那些"牙行"们，忙前跑后地看着牲畜的牙口气色，物色着交易对象。有意交易的双方凑到一起，从不明讲价钱，而是在袖口里，袄襟下，用"捏码子"的方式进行交易，眼睛里闪着狡诈的目光，嘴上不说，声色全都写在脸上，颇有些玄机，也有些神秘。

天近晌午，集市里的小饭馆里挤满了人。饭馆不大，五六张方桌，方桌四周围着条凳，早已看不出原本漆色。饥肠辘辘，肚里缺油少水的人们已经顾不上这些，三五好友围坐在一起，尽管囊中羞涩，但也叫上几道简单的菜，再来一瓶二锅头，搭上几个白馍，个个狼吞虎咽地吃了起来……

太阳渐渐偏西，赶集的人陆续返程，回来的路上许多人已是收获颇丰，一阵笑语攀谈后，人们相约着，期盼着下个赶集日的来临。

黄土高原上的守望者

——忆我的二哥

在那片沟壑纵横的黄土高原上，我的童年如同村头那棵老槐树下的影子，斑驳而温暖。我们家兄弟四人，我是家中的老三，夹在哥哥们的羽翼与弟弟的稚嫩之间，但在我心中，二哥的身影总是最为高大而鲜明的。他，用一生的坚韧与朴实，诠释了何为黄土高原上的真汉子，也在我心中种下了无尽的思念与敬仰。

二哥，一个名字里藏着无尽故事的男人，他的憨厚与正直，是这片土地上最质朴的底色。在那个物资匮乏的年代，没有华丽的玩具，没有丰富的课外书籍，但二哥总能以他独有的方式，为我的童年增添一抹亮色。

20 世纪 80 年代的陕北，物质并不充裕，但童年的我们，却总能在这片贫瘠的土地上找到属于自己的乐趣。二哥，作为家中的次子，自小便承担起了远超他年龄的责任。他的肩膀，虽未完全长成，却已能扛起家庭的重担。记得那是一个夏日午后，阳光炽热，蝉鸣声声，我和二哥趁着大人们午睡的间隙，悄悄溜出了家门，目标直指村东头高大爷家的果园。

果园里，苹果挂满枝头，红彤彤的，诱人极了。二哥虽然平时憨厚，但此刻的眼神里却闪烁着孩子特有的狡黠。他轻轻拉着我，绕到果园的一角，那里有一堵低矮的土墙，对我们来说，正是通往"宝藏"的捷径。二哥先是一跃而上，再转身伸手将我拉了上去。那一刻，我仿佛看到了他眼中的坚定与温柔，那是对弟弟无尽的呵护与疼爱。

我们在果园里尽情享受着这份"偷来"的甜蜜，苹果汁水四溢，甜到了心底。当然，事后免不了被父母一顿责骂，但那份纯真的快乐，却成了我童年中宝贵的记忆之一。二哥，总是那个愿意为我遮风挡雨，陪我一起闯祸，又一起承担后果的人。

随着年岁的增长，二哥的生活变得更加忙碌。外公家养了一群羊，他便成了那个每日早出晚归的放羊娃。夏日炎炎，他头顶草帽，手持羊铲，在广袤的黄土高原上，与羊群为伴。冬日严寒，雪花纷飞，他依然坚持，用瘦弱的身躯为羊群挡风避寒。那些日子，二哥的皮肤被晒得黝黑，双手也因长年累月的劳作布满了厚茧，但他的眼神却愈发坚定而明亮。放羊的日子，虽然艰辛，却也磨砺了二哥的意志。他学会了与大自然对话，从黄土中汲取力量，从风雨中感受生命的坚韧。

二哥放羊，有着自己的一套方法。他总能准确地判断哪片草地最肥沃，哪条小溪最清澈。羊群在他的带领下，总是吃得饱饱的，毛色也格外鲜亮。而二哥与外公之间，似乎有着一种无须言语的默契，每当夕阳西下，外公总会站在村口，望着远方，等待那个熟悉的身影归来。

日月如梭，转眼间，二哥已长大成人。为了补贴家用，他踏上了学习砖匠的道路。那是一个需要耐心与技艺并重的行业，每一块砖的堆砌，都凝聚着匠人的心血与汗水。二哥凭借着自己的勤奋与天赋，很快在村子里小有名气。他的砖砌得整齐划一，墙面平整如镜，赢得了乡亲们的赞誉。

然而，这背后的艰辛，却是常人难以想象的。夏日里，烈日当空，他挥汗如雨，汗水浸湿了衣衫，他却从未停下手中的活计；冬日里，寒风凛冽，他冻得手指僵硬，却依然坚持工作。二哥用自己的双手，一砖一瓦地搭建起了一个个温暖的家，也为自己的人生奠定了坚实的基础。

在我读书的日子里，二哥是我最坚实的后盾。每当学校放假，他都会抽空来看我，给我买来好吃的和衣物。那些物品虽不名贵，却饱含了二哥对我的深情厚谊。他总会耐心地询问我的学习情况，鼓励我努力学习，改变命运。在他的眼中，我仿佛看到了无限的希望与期待。

后来，我参军入伍，远离了家乡，踏上了保家卫国的征途。那段日子里，二哥是我最牵挂的人之一。他时常写信给我，虽然文字不多，但字里行间都透露着对我的关心与思念。每当我收到他的来信，心中便涌起一股暖流，那是家的味道，是兄长的守望。

转业后，我回到地方工作，而二哥则踏上了新的征程。

他听说宁夏的装修市场有着不错的前景，便毅然决然地前往那里包工搞装修。那是一段充满挑战与机遇的旅程。二哥凭借着勤劳与智慧，在异乡的土地上生根发芽，逐渐闯出了一片属于自己的天地。他用双手，为无数个家庭打造了温馨舒适的居住环境，也为自己和家人赢得了更好的生活。然而，创业的道路从不是一帆风顺的。二哥也遭遇过挫折与失败，但他从未放弃。他总是说："只要咱肯吃苦，就没有过不去的坎儿。"这份坚韧与执着，让我深深地敬佩。

时间如白驹过隙，随着家乡的石油大开发，二哥转行成为一名石油工人。他用辛勤与汗水，为国家的能源事业贡献着自己的力量。然而，命运却在他正值壮年时开了一个残酷的玩笑。2019 年的那个冬天，一场突如其来的意外夺走了二哥的生命。那一刻，整个家庭仿佛被乌云笼罩，失去了往日的欢笑与温暖。二哥的离世，让我深刻体会到了生命的脆弱与无常。他的一生虽然短暂，但充满了奋斗与奉献。他用自己的方式诠释了什么是责任与担当，什么是坚忍与不屈。在我心中，二哥永远是一位顶天立地的英雄，他的精神将永远激励着我前行。

葬礼上，我望着二哥那张熟悉而又陌生的脸庞，泪水模糊了双眼。我知道，二哥虽然离开了我们，但他的精神将永远活在我们心中。他教会了我什么是责任，什么是担当，什么是真正的男子汉。

如今，每当我再次回到那片熟悉的农村老家，心中总会涌起无尽的思念与感慨。那里有我的童年记忆，有二哥的身影与足迹。每当夜幕降临，我总会仰望星空，仿佛能看到二哥那双明亮的眼睛在注视着我。他似乎在告诉我："要坚强地活下去，活出自己的精彩。"

二哥虽然离开了我们，但他的精神却永远活在我们心中。他教会了我如何去爱、如何去奋斗、如何去面对生活的风雨。在未来的日子里，我将带着二哥的期望和嘱托，继续前行在人生的道路上，用实际行动去传承他那份淳朴而坚韧的精神。

黄土高原的风依旧在吹，吹过了四季的轮回，吹过了岁月的沧桑。而我心中对二哥的怀念与敬仰，却如同那片广袤的黄土地一般，深厚而绵长。二哥，你永远是我心中那座不朽的丰碑！

怀念爷爷

我出生于 20 世纪 80 年代末的陕北，一个改革开放初见成效的年代，虽然物质条件远不如今日丰盈，但那份纯朴与坚韧，如同黄土高原上的沟壑一般，深深烙印在每个人的心中，也深深影响了我对世界的认知。而我的爷爷，便是这片土地上一位平凡而又非凡的灵魂。

爷爷出生在新中国成立前的一个贫苦农家，那时的陕北，干旱、风沙、贫穷是常态。但爷爷常说："黄土不欺人，只要人勤快，黄土也能变成金。"他的一生，就是这句话最生动的注解。年轻时，爷爷是村里出了名的庄稼好手，无论是春种秋收，还是冬藏夏管，他总能比别人多出一份力，多收一份粮。每当夕阳西下，爷爷扛着锄头，踏着夕阳的余晖走在回家的路上，那背影总是显得格外高大，仿佛能扛起整个世界的重量。

爷爷的一生，是自学成才的典范，也是坚韧不拔精神的生动诠释。在那个教育资源匮乏的年代，读书识字对于大多数人来说是一种奢侈，更别提一个没有机会踏入校门的农民了。然而，爷爷凭借对知识的渴望和对生活的热爱，硬是在劳作之余，用一双布满老茧的手，翻阅着破旧不堪的书籍，一笔一画地描绘出自己的文化世界。每当夜幕降临，昏黄的煤油灯下，总能见到爷爷瘦削的身影，他或低头沉思，或轻声诵读，那份专注与执着，至今仍是我心中最温暖的记忆。

爷爷认识的字，不仅仅是书本上的符号，更像是通往广阔天地的钥匙，为他打开了一个又一个新世界的大门。他常常给我讲历史故事，从三皇五帝到唐宋八大家，从《三国演义》的智勇谋略到《水浒传》的英雄气概，每一个故事都被他讲得绘声绘色，让我仿佛穿越时空，与古人对话。在那些故事中，我感受到了中华文化的博大精深，也体会到了爷爷对知识的无限敬仰和追求。

除了讲述历史故事，爷爷还用自己的方式教我许多生活的智慧。他常说："人活一世，不在于你拥有多少，而在于你如何面对。"这句话，成了我人生路上的座右铭。记得小时候，每当我遇到挫折或困难，总会跑到爷爷身边哭鼻子，而爷爷总是笑眯眯地摸摸我的头，用他那双沧桑的手，轻轻拍打着我的背，耐心地开导我，让我学会坚强，学会从失败中汲取力量。

爷爷的生活哲学简单而深刻，他常说："人活一世，草木一秋，关键是要活得有骨气，有良心。"他用自己的行动诠释了这句话的真谛。村里谁家有难，爷爷总是第一个伸出援手，无论是帮忙收割庄稼，还是借钱解困，他都从不吝啬。

在他的影响下，我们家虽然贫穷，但邻里间却和睦相处，互帮互助，形成了一股温暖人心的力量。爷爷和奶奶还擅长用各种土方法治病救人，村里人有个头疼脑热，总爱找他俩瞧瞧，他俩也总是乐此不疲地帮忙。

然而，美好的时光总是短暂的。2001年的那个冬天，一场突如其来的意外，如同冬日里的寒风，无情地夺走了爷爷的生命。那天，爷爷像往常一样去山里放羊，不料一只小羊掉进了山崖里，由于刚下过大雨，爷爷为了救它，不慎遭遇了山体滑坡。当我们找到他时，他已经静静地躺在了冰冷的黄土之中，面容安详，仿佛只是睡着了。那一刻，整个世界仿佛都静止了，我的心像被撕裂了一般，疼痛难忍。

爷爷的离世，让我第一次深刻体会到了生命的脆弱与无常。我开始更加珍惜身边的每一个人，每一份情感，也更加坚定了自己追求梦想的决心。我想，如果爷爷在天有灵，他一定会为我感到骄傲和欣慰。因为，我已经学会了如何像他一样，用坚韧不拔的精神去面对生活中的每一个挑战；我也已经明白，知识不仅仅能够改变个人的命运，更能够照亮我们前行的道路，引领我们走向更加美好的未来。

随着时间的流逝，黄土高原依旧静静地伫立在那里，见证着岁月的变迁和世事的沧桑。而我，也从一个懵懂无知的孩童成长为一名有担当、有梦想的青年。每当夜深人静之时，我总会想起爷爷那张慈祥的脸庞和那盏昏黄的煤油灯。它们如同一盏明灯，照亮了我前行的道路，让我在人生的旅途中不再迷茫和彷徨。

记得有一次，我回到了老家，站在那片熟悉的土地上，望着远处连绵不绝的黄土高原，心中涌起了无尽的感慨。我仿佛又看到了爷爷那瘦削的身影在田间忙碌着，听到了他那熟悉而又亲切的声音在耳边回荡。那一刻，我深深地感受到了一种力量——那是来自黄土高原的力量，那是来自爷爷的力量。它们汇聚成一股强大的洪流，推动着我不断向前、向前……

岁月悠悠，转眼间我已经步入中年。回望过去，那些与爷爷共度的时光仿佛就如昨天一般清晰可触。我深知，爷爷虽然已经离开了这个世界，但他的精神却永远活在我的心中。他用自己的行动告诉我：无论时代如何变迁，无论环境如何艰苦，只要我们拥有一颗热爱学习、勇于探索的心，就没有什么能够阻挡我们前进的脚步。

忆姑父

在我的记忆深处，有一个身影始终清晰，那便是我的姑父。他姓单（shàn），一个在我们当地颇为少见的姓氏。

姑父生于1953年，那是一个物资相对匮乏但人们充满希望与干劲的年代。17岁的他，怀揣着梦想，投身军旅。在部队里，他表现出色，当过班长，展现了非凡的才能和坚韧的意志。24岁时，姑父退伍回到了家乡，与大姑组建了家庭，不久后便迎来了表哥和表姐的诞生。

年轻时的姑父，为了生活四处奔波。他曾在定边县石洞沟蒙海则养过两年猪，那两年的时光，姑父日夜操劳，虽然辛苦，但他从未有过怨言。后来，姑父和姑姑来到县城，做起了卖手工酿皮的生意。那时候，每天清晨，姑父和姑姑总是早早地起床准备食材，制作和售卖，夫妻二人齐心协力，为了家庭的幸福努力打拼着。其间，姑父还在粮油公司干过半年，这段经历也让他积累了不少与人打交道的经验。再后来，姑父又去山里收购羊皮回到城里贩卖，风里来雨里去，其中的艰辛不言而喻。

然而，经历了种种尝试和闯荡，在城市的喧嚣与繁华中兜兜转转之后，姑父最终还是选择回到了农村老家，重新拾起锄头，开始了务农的生活。姑父是个勤劳善良的人，他的双手仿佛有着神奇的魔力，不仅能在田地里种出丰硕的庄稼，还十分灵巧，喜欢研究和雕刻。小时候，他曾用木头给我雕刻过一个小猴子，那栩栩如生的模样，至今仍深深印刻在我的脑海中，每当想起，那份温暖和惊喜依然萦绕心头。

　　记得我在王盘山乡中心小学读书的时候，学校离家几十公里，只能住校。那时候学校每十天会有五天的假期，我们称之为大礼拜。由于姑父家离学校相对较近一点，所以偶尔我会去姑父家。姑父和姑姑总是热情地招待我，给我做上一桌丰盛的饭菜，让我在异乡感受到了家的温暖。

　　后来，我去榆林体校读书。有一次暑假，我坐车到乡镇后，拉着行李箱回家。当时行李箱的两个轮子坏了，只能提着走，路途的遥远加上行李箱的沉重，让我的步伐愈发艰难。直到傍晚，我才路过姑父家。那时的农村，道路不通，也没有车子，进退两难之际，我选择在姑父家借住一晚。晚上，姑父看到我那损坏的行李箱，二话不说拿出他的工具箱，就开始埋头修理。昏黄的灯光下，姑父专注的神态让我感到无比安心。不一会儿，行李箱就被姑父修好了，他还仔细地检查了几遍，确保没有问题。那一刻，我对姑父的感激之情油然而生。

　　2004 年的冬天，我响应国家的号召，从军入伍。在我坐上三轮车即将离开家乡奔赴部队的那天，姑父走了几十公里的山路赶来。他喘着粗气，将 50 元塞进我的手里，紧紧握住我的手，嘱咐我在部队要好好锻炼，照顾好自己。望着姑父那充满关怀和期待的眼神，我的眼眶湿润了，心中暗暗发誓一定不辜负他的期望。

在部队的日子里，训练虽然艰苦，但每当想起姑父的鼓励和期望，我便充满了力量。几年后，我探亲回家，特意去姑父家与他聊了几次。因为他也曾是军人，我们有着共同的语言和经历，交流起来又多了一份亲切。姑父听我讲述部队里的点点滴滴，眼中满是欣慰和自豪。

然而，命运总是无常。2008 年农历八月十七日，那是一个让我刻骨铭心的日子。姑父在山里干活回家时，突然感觉心口疼得厉害，姑姑急忙去村里请村医。可当姑姑带着村医赶回家时，姑父已经因心肌梗死永远地离开了我们。当时的我还在部队的拉练途中，当父亲打来电话告诉我这个噩耗时，我的世界瞬间崩塌了，悲痛如潮水般将我淹没。

后来，姑父被葬到了他家的土豆地里。在他去世后的半个月，我从部队请假探亲。当我来到姑父的墓地前，看到那一大片姑父亲手种的茂盛土豆，泪水再次模糊了我的双眼。姑父一生勤劳务实，即使在生命的最后时刻，他仍在为这个家默默付出。那几天，我和大哥以及表哥帮着姑姑挖回了那些土豆，每一个土豆都仿佛承载着姑父的心血和对生活的热爱。

如今，姑父已经离开我们多年，但他的音容笑貌、他的善良勤劳、他对生活的热爱和对家人的关怀，永远留在我的心中。我知道，姑父虽然不在了，但他的精神永远陪伴着我们。他用自己的一生，诠释了责任、担当和爱的真谛。在我心中，姑父是一座永远的丰碑，指引着我前行的方向。

岁月流转，人事已非，但姑父的爱与温暖，如同璀璨的星辰，在我生命的长河中熠熠生辉。我将永远铭记姑父，铭记他给予我的一切。愿姑父在另一个世界里，一切安好，没有病痛，没有辛劳。

母　亲

　　我的母亲是个地地道道的陕北女人，一辈子守在大山里与黄土疙瘩打交道。别人眼中的母亲各有千秋，然而在我眼中，母亲却是那样的伟大。

　　我出生于 20 世纪 80 年代，改革开放初期，家里条件并不是很好，一切的经济来源全靠种地，加之陕北的白于山区大多是沟壑纵横，农民靠天吃饭。为了让我们都能上学读书，母亲吃了很多苦。

　　如今，母亲已经年近六旬，身材瘦小，面部皮肤已呈麦色，皱纹爬上了眼角额头，鬓角生满了白发。前阵子带着母亲去医院看病时，她总是叹着气："真是老了，浑身都出毛病了！"

　　母亲年轻的时候眉目清秀，亭亭玉立。在她最是青春的年纪，却早早地为人母，四个孩子呱呱坠地，要吃饭穿衣，要读书识字，她将自己的芳华扎根在了田间地头上，绽放在了锅台炉灶边，消磨在了无法丈量的一针一线上。

　　常人看来，一个女人在二三十岁的青春年华里，沉浸在护肤品、化妆品、衣裳、首饰、提包之中或许才是常态。而母亲，却一辈子都没有时间和精力将目光的一部分转移到自己身上。有一次，我和哥哥嫂子带着母亲去买衣服，她试穿了一件，站在镜子前微皱眉头："驼背了呀。"听到这话我心里不禁涌起一阵酸涩。我替母亲感到心疼，那些已经逝去的青春岁月，要怎样才能弥补？

小时候，父亲长年在外奔波，时常不回家，母亲，一肩扛起了家里几乎所有的事情。

我一直特别崇拜母亲，似乎所有的事情她都会干。春种秋收，播种施肥除害；做从不单一的饭菜；裁布做衣做鞋做棉被；为孩子上学一次次地借钱……无论是怎样的生活环境，母亲总能将家务安排得温馨舒适。炊烟袅袅，灯火安静地亮着，饭菜热气腾腾，有母亲在的地方，似乎什么都不必担心。

然而时间，就像陕北荒原上干涩的风，卷起细细密密的黄沙拍打着每一个行人。有的可能乘车稳行，有的可能裹紧头巾，而母亲，就这么迎着黄风牵着孩子负重而行，皱纹一条条一道道刻在脸上、爬上眼角，母亲最终成了母亲的样子。

母亲常常嘴角带笑，待人温和。然而爷爷的意外去世、弟弟的未婚，带给了她太多的困扰，但母亲是无比坚强的，生活中的酸甜苦辣她全都一一接受消化。可能是受母亲潜移默化的影响，坚毅与勤奋渐渐融入我的血脉。从我从军十几年再到转业从警的这些年里，一路走来无不满含着母亲的鼓励与希冀。至今犹记得她陪我到学校报到的一幕幕——连夜赶制厚棉被的喜悦，与人交谈时的骄傲，以及看我背迷彩背囊时直不起腰的心疼……我之为我，母亲的存在是不可或缺的。

我不让母亲种地，劝她把地包给邻居种。母亲说："农村人不种地还能干啥，要是地都不种了，还吃啥？"母亲没有文化，而这一句却是至理名言。每次回家，母亲都要往我的车后备厢里装上很多鸡蛋和瓜果蔬菜，一边装一边唠叨，说家里的菜新鲜还不花钱。每次过节时我就想给母亲一些零花钱，她总推脱不要，说在农村不花啥钱，种地还给钱，过60岁每月有国家给发钱。我心里一阵酸楚，在农村坚守的母亲养大了我，竟不给我一丝报答的机会。

母亲十二三岁开始下地劳作，二十多岁为人妇为人母，此后不知是什么将她拴在"家"的四方天地里，她就这么一天天一年年在小小的空间里旋转。是什么锁住了她，可能连她自己都说不清楚，好像非要这么做才是对的，这么做才是一生的圆满。

我的母亲，半生辛苦没什么文化，但能用深入浅出的话语和温和坚定的微笑教我为人处世的道理。当我在部队训练或在平时生活中遇到挫折时，母亲轻轻的一句话就能让我微笑释然："苦不苦，想想长征二万五；累不累，想想革命老前辈。"

我的母亲，是农村地区千万家庭主妇的缩影，去过的地方很少，见过的风景很少，品尝过的美食更少。但我深深明白，在母亲眼中，子女的成长便是她生命的延续，我们是她手中牵着的永不断线的风筝，我们是她的眼，是她的手足，我们走多远，她此生便能走多远。

窑洞里的童年记忆

在苍茫的陕北黄土高原上，镶嵌着一片片古朴而神秘的居所——窑洞，它们不仅是大自然与人类智慧共生的杰作，更是我童年记忆中一抹温暖而深邃的底色。每当回想起那段在窑洞中度过的无忧岁月，心中便不由自主地泛起层层涟漪，那是关于家、关于成长、关于质朴生活的温馨篇章。

陕北的窑洞，是自然与人文智慧的结晶，它们依山就势，层层叠叠，宛如大地母亲轻轻掀开衣襟，露出的一排排温暖的怀抱。在我童年的记忆里，窑洞不仅仅是一种居住形式，它是家的象征，是安全的港湾，更是文化传承的载体。每当夕阳西下，金色的阳光洒在黄土坡上，那些错落有致的窑洞便镀上了一层金色的光辉，显得格外宁静而祥和。

我的童年，是在祖父祖母那间略显简陋却充满温情的窑洞里度过的。窑洞内冬暖夏凉，四季如春，仿佛是大自然特意为这片土地上的人们设计的避风港。记得冬日里，外面寒风凛冽，雪花纷飞，而窑洞内却温暖如春，我们围坐在炕上，祖母用她那布满皱纹却异常灵巧的手，为我编织着各式各样的毛衣和围巾，讲述着古老而又神秘的故事。那些故事，如同窑洞外飘扬的雪花，轻盈而纯净，滋养了我幼小的心灵。

夏日，窑洞则成了避暑的天堂。傍晚时分，大人们会在院子里摆上几张小桌，一家人围坐在一起，吃着自家种的瓜果蔬菜，聊着家常，享受着难得的清凉与惬意。而我，则常常和小伙伴们追逐嬉戏于黄土坡上，直到夜幕降临，才依依不舍地回到窑洞，听着窗外蟋蟀的鸣叫，渐渐进入梦乡。

我们家一共有四孔窑洞，西边的一孔是用来储存粮食用的，人们通常称为"粮食窑"。粮食窑左侧的那一孔是用来做饭，其余两孔是住人的窑洞。而我跟祖父住的窑洞内的世界，简单而温馨。一进门，首先映入眼帘的是那盘占据了整个房间一侧的大炕。炕，是窑洞的灵魂，也是陕北人生活中不可或缺的一部分。它由砖石砌成，表面铺着厚厚的土坯，再覆盖上一层细土，经过反复拍打，变得既平整又结实。冬天，炕下烧着火，整个窑洞都暖洋洋的，仿佛置身于一个巨大的温室之中，外界的严寒被隔绝在外。夏天，虽然不再烧火，但炕的材质使得它依然保持着适宜的温度，不会让人感到闷热。

炕上，铺着用羊毛擀制的毡子，毡子上面是母亲亲手缝制的棉褥子，上面再盖上一层薄薄的被单，简单却充满了家的味道。每当夜幕降临，全家人便围坐在炕上，吃着晚饭，聊着家常。那时的我，总爱依偎在母亲身边，听着他们的谈话，心中充满了幸福和安宁。

除了吃饭，炕还是我们学习和玩耍的地方。放学后，我会把书包往炕上一扔，便迫不及待地拿出作业本，开始埋头苦写。炕上，煤油灯的光线虽然不如现代的台灯那么明亮，但那份专注和投入却是任何光线都无法比拟的。遇到难题时，父亲会耐心地坐在我身边，和我一起分析解答；而母亲，则会在一旁做着针线活，偶尔抬头看看我们，眼里满是鼓励和支持。

当然，炕上的时光并不总是那么严肃。更多的时候，我们兄弟几人会在炕上嬉戏打闹，笑声充满了整个窑洞。那时的我们，虽然物质条件并不富裕，但那份纯真的快乐和满足感却是任何物质都无法替代的。

除了炕，窑洞里还有其他许多让我难以忘怀的角落。比如摆放在炕上的那个老旧木箱子，里面装满了家里的各种杂物和食物。每当过年过节时，母亲就会从木柜里拿出她珍藏已久的糖果和糕点，分给我们兄弟几人。那一刻，我们的眼里都闪烁着兴奋的光芒，仿佛得到了世界上最珍贵的宝藏。

还有那个紧挨着炕的小桌子，它虽然不大，却承载了我们一家人太多的回忆。早晨，我们会在这里吃早餐；晚上，我们会在这里写作业、看书。小桌子上总是摆满了书籍和文具，那是我通往知识海洋的桥梁。每当我遇到困难想要放弃时，只要看到那张小桌子和上面摆放的书籍，我就会重新找回信心和勇气。

窑洞，不仅仅是一个居住空间，它还承载着丰富的民俗文化。每逢佳节，窑洞内总会洋溢着浓厚的节日气氛。春节时，家家户户都会贴上对联，挂起灯笼，窑洞内更是装饰一新，充满了节日的喜庆。大人们忙着准备年夜饭，孩子们则穿着新衣，兴奋地期待着压岁钱和鞭炮声中的新年到来。这些习俗，如同一根根纽带，将我们紧紧相连，也让窑洞成为文化传承的重要场所。

此外，陕北的民间艺术，如剪纸、刺绣、民歌等，也在窑洞内找到了生长的土壤。祖母便是一位剪纸高手，她能用一把剪刀，在红纸上剪出各种栩栩如生的图案，贴在窗棂上，为窑洞增添了几分生机与活力。而那些悠扬的陕北说书、陕北民歌，则常常在夜深人静时，从隔壁或远处的窑洞中传来，旋律优美，情感真挚，让人沉醉不已。

日月如梭，转眼间，我已从那个在窑洞里奔跑嬉戏的孩子，成长为一名青年。随着时代的变迁，农村老家的面貌也在悄然发生着变化，许多人家盖起了新房，搬离了祖祖辈辈居住的窑洞。然而，无论我走到哪里，那份对窑洞的深情与眷恋，却始终如影随形。每当夜深人静之时，我总会想起那些在窑洞里度过的日子，那些简单而纯粹的快乐，那些与家人共度的温馨时光，它们如同璀璨星辰，照亮了我前行的道路。

如今，虽然我已远离了那片生我养我的黄土地，但窑洞的记忆却如同根一样，深深扎进了我的心田。每当回想起那些与窑洞相伴的日子，心中总会涌起一股莫名的感动与温暖。

我知道，那是对故乡的深深眷恋，是对那段纯真岁月的无限怀念。窑洞，不仅仅是一种居住形式，它更是一种文化的传承，一种精神的寄托，它让我懂得了什么是根，什么是家，什么是无论走到哪里都无法割舍的乡愁。

母亲的剁荞面

在陕北这片辽阔而苍茫的白于山区，隐匿着无数个小山村，它们如同散落在黄土高原上的珍珠，虽不起眼，却各自承载着厚重的历史与温情的故事。我的家乡，便是这众多珍珠中的一颗，它静静地躺在群山环抱之中，四季更迭，岁月悠悠，而最让我魂牵梦萦的，是母亲亲手剁制的那一碗碗热腾腾的荞面。

记忆中的童年，是伴随着母亲忙碌的身影和窑洞里飘出的阵阵香气度过的。母亲的剁荞面，是冬日里的一抹暖阳，夏日里的一缕清风，它不仅仅是一种食物，更是连接着我们母子深情的纽带，是岁月深处最温柔的乡愁。

白于山的秋，来得早，去得迟，总是与荞麦的香气紧密相连。荞麦，这种耐旱耐寒的作物，在这片贫瘠的土地上顽强生长，用它那不起眼的绿色，默默地为乡亲们带来丰收的喜悦。每当荞麦成熟，家家户户便开始忙碌起来，收割、晾晒、脱粒，每一道工序都充满了对生活的敬畏与期待，成为这片土地上人们餐桌上的常客。母亲深知荞麦的营养价值与独特风味，她总能将简单的食材变幻出无限的滋味。而最令我期待的，莫过于那一碗热腾腾、香喷喷的剁荞面了。

母亲剁荞面的过程，是一场精心准备的仪式。首先，是荞麦面的制作。母亲会提前几天将荞麦粒筛选干净，在村里的粮食加工厂加工成面粉。磨好的荞麦粉，需要掺入适量的水和成面团，这个过程尤为关键，水多了面软，水少了面硬，母亲总是能凭借经验，将这一切拿捏得恰到好处。接下来，便是剁面的环节。母亲会找来一块宽大的案板，上面撒上一层薄薄的干面粉，防止面团粘连。然后，她将和好的荞麦面团放在案板上，用双手轻轻揉捏，直到面团变得光滑而有弹性。接着，母亲会将面团用擀杖擀成一张宽大的面饼，然后拿起一把特制的剁面刀，剁面刀的刀把是用老榆木制成，刀身厚重，刀刃锋利，历经岁月磨砺，愈发显得古朴而有力。

随着母亲手中剁刀的起落，面团被均匀地剁成一条条细长的面条，轻轻垂落在案板上，宛如一条条银色的丝带，在灯光的映照下泛着柔和的光泽。这个过程，需要极大的耐心与技巧，母亲的动作娴熟而有力，每一次挥刀都仿佛是在进行一场仪式，将对家人的爱一点点融入这看似简单的食物之中。

每当这时，我总是迫不及待地站在一旁，眼巴巴地看着那一条条细长的荞面面条，在母亲的手中逐渐成形，再被轻轻抖落进沸腾的锅中。不一会儿，锅里的水面便泛起了层层细腻的泡沫，荞面的香气也随之弥漫开来，充盈了整个窑洞，也温暖了我的心房。

剁好的荞面，通常会搭配各种汤汁食用。母亲会根据季节的变化，或是家人的口味，精心调制不同的汤料。冬天，她会用腌制的猪肉和土豆熬成一锅热气腾腾的汤，再加入些许调料和葱花，那味道，既暖身又暖心；夏天，则可能是清爽的酸汤和西红柿鸡蛋汤，酸甜可口，解暑又开胃。

吃剁荞面时，母亲总会特意准备几样小菜，有自家腌制的酸菜、香辣的辣椒油，还有那一碟翠绿的葱花和腌制韭菜。这些看似简单的配料，在母亲的巧手下，与荞面完美融合，形成了独特的风味。每当早饭的时候，全家人围坐在一起，吃着母亲亲手做的剁荞面，那份满足与幸福，是任何语言都难以形容的。我尤其喜欢听面条吸溜进嘴里的声音，那是幸福的声音，是家的味道。而母亲，总是笑眯眯地看着我们，眼中满是慈爱与满足。

母亲常说："人不管走到哪里，都不能忘了自己的根。"而在我心中，那碗剁荞面，就是连接我与家乡、与母亲之间最坚实的纽带。它不仅仅是一种食物，更是一种情感的寄托，一种文化的传承。每当我在异乡品尝到类似的面食，总会不由自主地想起母亲那双勤劳的手，想起那个被黄土包围的小山村，以及那些关于剁荞面的温馨记忆。

岁月悠悠，随着年岁的增长和工作原因，我离开了农村老家，走进了城市的喧嚣与繁华，让我渐渐淡忘了许多童年的记忆，但那份关于母亲与剁荞面的温馨画面，却始终如一地烙印在我的心底，成为我无论走到哪里都无法割舍的情愫。

记得有一次，我在街头漫步，突然间，一股熟悉的味道扑鼻而来，那是久违的剁荞面的香气。我循着香味走去，发现了一家小小的面馆，门口挂着"陕北马兰剁荞面"的招牌。我毫不犹豫地走了进去，点了一碗剁荞面。当那碗热气腾腾的面条摆在我面前时，我几乎要泪目了。那味道，虽不及母亲亲手做的那般纯粹与温馨，但足以勾起我所有关于家乡的回忆与思念。

那一刻，我深深地明白，无论我走到哪里，无论我经历了多少风雨与沧桑，那份关于母亲与剁荞面的记忆，都将是我心中最宝贵的财富。它如同一盏明灯，照亮我前行的道路；如同一首老歌，在耳边轻轻回响；更如同一位老朋友，无论何时何地，都能给予我无限的温暖与力量。

如今，母亲已年迈，她的双手不再如从前那般灵巧有力，但每当有机会回到家乡，她依然会坚持为我们做一顿剁荞面。看着她在厨房里忙碌的身影，我仿佛又回到了那个无忧无虑的童年时光。那一刻，所有的疲惫与烦恼都烟消云散，只剩下满满的幸福与感激。我深刻体会到，无论岁月如何流转，那份对家的眷恋、对母亲的感恩、对剁荞面的情感，都将永远镌刻在我的心中，成为我人生旅途中最宝贵的财富。

岁月悠悠，山河无恙。在未来的日子里，无论我走到哪里，我都会带着这份关于母亲与剁荞面的记忆，继续前行。因为我知道，那是我力量的源泉，是我永远的依靠。而母亲与剁荞面，也将永远是我心中最柔软、最温暖的存在。

二舅的木匠岁月与黄土情

二舅出生在 20 世纪 50 年代的吴起县，那是一个物资匮乏但精神饱满的年代。作为家中的次子，他自小便展现了对知识的渴望和对生活的独到见解。在那个教育资源稀缺的年代，二舅凭借着自己的努力，成为一名民办教师，用知识的光芒点亮了乡村孩子们心中的希望之光。他的课堂，不仅仅局限于书本，更多的是将生活的智慧融入教学之中，让孩子们在贫瘠的土地上也能开出梦想的花朵。

然而，命运似乎总爱与人开玩笑。后来，随着政策的调整，二舅的教学生涯戛然而止。面对突如其来的变故，他没有沉沦，而是选择了另一条道路——成为一名木匠。在旁人看来，这或许是一种无奈的选择，但二舅却从中找到了新的生命意义。

二舅的木匠手艺，是自学成才的典范。他常常说："木头是有灵性的，你用心待它，它自然会回馈你最好的作品。"于是，在那间简陋的木匠房里，二舅与木头结下了不解之缘。从选材、设计到雕刻、组装，每一个环节他都亲力亲为，精益求精。他的作品，无论是实用的桌椅板凳，还是精致的窗棂木雕，都透露出一种质朴而又不失精致的美感，让人赞叹不已。

小时候，二舅是我心中的英雄。每当他带着工具来我家做木工活时，我总是跟在他的身后，像个小尾巴一样，好奇地观察着他的一举一动。二舅总是耐心地解答我的每一个问题，还会教我一些简单的木工技巧。那些日子，阳光透过窗户洒在木屑飞舞的空气中，一切都显得那么温馨而美好。

除了木匠的身份，二舅还是我们家农忙时节不可或缺的好帮手。每年秋收，他都会牵着那头健壮的骡子，满载着丰收的希望，穿越蜿蜒曲折的山路来到我们家。骡子步伐稳健，二舅则跟在旁边，一边哼着陕北的信天游，一边与我们聊着家常。那场景，如同一幅生动的田园诗画，让人心生向往。

在田间地头，二舅不仅用骡子帮助我们运输庄稼，还会亲自下田劳作，与父母一同挥洒汗水，共享丰收的喜悦。他的到来，不仅减轻了我们的劳动强度，更给我们带来了精神上的慰藉和力量。每当夜幕降临，一家人围坐在篝火旁，吃着热腾腾的饭菜，听着二舅讲述那些关于木匠和生活的趣事，那份幸福感至今仍让我难以忘怀。

时光荏苒，转眼间几十年过去了。如今的二舅，已是一位满头银发的老人，但他的木匠手艺却从未生疏。在农村，每当有人请他做木工活时，他总是乐呵呵地应承下来，然后一头扎进木匠房里，开始他的创作。那些看似简单的动作，在他手中却仿佛被赋予了魔力，让一块块木头变成了精美的艺术品。

岁月虽然在他的脸上刻下了痕迹，但那份对生活的热爱和对木匠事业的执着却从未改变。二舅常说："人这一辈子，总得有点热爱的东西。对我来说，木匠就是我的热爱。"这份热爱，让他在平凡的生活中找到了不平凡的意义和价值。

在陕北那片广袤的黄土地上，二舅用他的木匠手艺和坚韧不拔的精神书写了一段段动人的故事。这些故事如同一首首悠长的歌谣在岁月的长河中回荡着、传唱着……它们不仅记录了一个普通人的生活轨迹，更蕴含了关于梦想、坚持、爱与传承的深刻内涵。二舅的木匠时光虽然已成过往，但那份匠心独运的精神将永远激励着我们在未来的道路上勇往直前、不断前行……二舅的一生，是平凡而又不平凡的一生。他用自己的双手，创造了一个又一个奇迹；他用自己的汗水，浇灌了这片土地；他用自己的心灵，守护了这份黄土情。在陕北黄土高原这片广袤的土地上，二舅就像一棵顽强的老榆树，根深叶茂，屹立不倒。他的故事，将永远激励着我们这些后辈，勇往直前，不懈奋斗。

在这个快速变化的时代里，二舅和他的木匠岁月似乎成了一种遥远的记忆。但在我心中，那份对土地的深情、对生活的热爱、对技艺的执着追求却永远不会褪色。二舅用他的一生告诉我们：无论时代如何变迁，只要心中有爱、有梦、有坚持，就能在平凡的生活中创造出属于自己的精彩。让我们带着这份感动与敬仰，继续前行在人生的道路上吧！

祖母的世界

在黄土高原的褶皱里，藏着一段段关于坚韧与爱的故事，而我的祖母，便是那故事中最温柔也最坚韧的篇章。她，一个生于陕北、长于陕北的平凡女子，用一生的时光，在那片贫瘠而又充满希望的土地上，书写了属于自己的不平凡。

祖母出生在陕北的一个小山村里，那里沟壑纵横，黄土飞扬，是一个被黄土高坡紧紧环抱的地方。然而，命运似乎对祖母格外苛刻，她还未及享受童年的欢乐，母亲便因病早逝。母亲的身影，在她模糊的记忆中，如同天边最遥远的星辰，可望而不可即。父亲的沉默与辛劳，成了她童年最深刻的记忆。留下年幼的她和弟弟，显得格外孤苦无依。

那些年，祖母和弟弟相依为命，生活的重担早早地压在了他们稚嫩的肩上。春天，他们一同上山挖野菜；夏日，则顶着烈日下田劳作；秋风起时，收割的粮食虽不多，却也足以让他们感受到收获的喜悦；冬日严寒，兄妹俩围坐在微弱的炉火旁，彼此取暖，讲述着对未来的憧憬。这样的日子，虽然艰苦，却也锻炼了祖母不屈不挠的性格和对生活的深刻理解。

在那个年代，婚姻多由父母之命、媒妁之言决定。祖母与爷爷的缘分，便是在这样的背景下悄然种下。两家本是旧识，见祖母聪明伶俐，又勤劳能干，便在她年幼时与爷爷订下了娃娃亲。这份婚约，对于当时孤苦无依的祖母而言，既是命运的安排，也是一份温暖的寄托。

十几岁的年纪，祖母便带着对未来的憧憬，跨过了几座山梁，来到了爷爷家中。那时的她，或许还不懂爱情的深意，但那份对家的渴望和对亲人的依恋，让她迅速融入了这个新家庭，用她的勤劳和善良，赢得了所有人的尊敬和爱戴。

在那个医疗资源匮乏的年代，祖母凭借着自己的智慧和勇气，自学成为一名赤脚医生。她深知，在这片贫瘠的土地上，每一个新生命的诞生都是家庭的希望，都是对未来的期许。于是，她不顾自己身体的劳累，走遍了十里八乡，为无数孕妇接生，用她那双布满老茧的手，迎接了一个又一个新生命的到来。

每当夜幕降临，祖母总是提着那盏昏黄的马灯，行走在崎岖的山路上，她的身影在月光下拉长，格外坚韧温柔。村民们提起祖母，无不竖起大拇指，称赞她是"送子观音"，是黄土高原上最美丽的风景。

后来，我的父亲、小爸以及两个姑姑相继降生，为这个家庭带来了更多的欢笑与希望。祖母用她那博大而深沉的母爱，滋养着每一个孩子的心田。无论生活多么艰难，她总是竭尽所能，给孩子们最好的一切。

记得小时候，每当我生病，祖母总是守在我的床边，用她那温暖的手轻轻抚摸我的额头，哼唱着陕北的民谣，让我在病痛中感受到无尽的安慰与力量。她的爱，如同黄土高原上那不息的风，虽然无形，却无时无刻不在吹拂着我的心田。

如今，祖母已是一位九十多岁的高龄老人，岁月在她的脸上刻下了深深的痕迹，但那份由内而外散发的慈爱与坚韧，却从未改变。她依然喜欢坐在院子里，晒着太阳，看着儿孙们围绕在膝下，脸上洋溢着满足与幸福的笑容。

每当提起往事，祖母总是笑而不语，眼神中流露出对那段岁月的深深怀念。她告诉我们，人生就像这黄土高原，虽有沟壑纵横，但只要心中有爱，就能跨越一切困难，迎来更加美好的明天。

祖母的一生，是平凡而又伟大的一生。她用自己的行动诠释了什么是坚韧不拔，什么是无私奉献，什么是母爱如山。在黄土高原的这片热土上，祖母的故事如同一首悠长的民歌，被后人传唱不衰。而我，作为她的后代，将永远铭记这份恩情，将祖母的慈爱与坚韧传承下去，让它在新的时代里绽放出更加耀眼的光芒。

岁月如歌，祖母的故事如同一杯陈年老酒，越品越醇。在未来的日子里，我愿化作一缕清风，轻轻吹过黄土高原的每一个角落，将祖母的慈爱与坚韧播撒在每一寸土地上，让这份温暖与力量永远流淌在每个人的心间。

我的左撇子大哥

有一个平凡而又不平凡的身影，他是我心中的山，是家中的脊梁——我的大哥。他出生于 20 世纪 80 年代初，一个改革开放初露曙光的年代。大哥以他坚韧不拔的意志，书写着属于自己的生命篇章。

我们家中兄弟四人，我排行老三，而大哥，作为家中的长子，自小便被赋予了不同于常人的责任与使命。在那个物质并不充裕的年代，父母为了生计，常常天未亮便下地劳作，直到夜幕降临才拖着疲惫的身躯归来。于是，大哥便成了家中的小大人，用他稚嫩的肩膀扛起了照顾家庭的重担。

清晨，当第一缕阳光穿透薄雾，照进简陋的院落时，大哥已经在灶台前忙碌起来，炊烟袅袅中，是他对家人无声的爱。喂猪、挑水、打扫院落……这些看似简单的农活，在大哥的手中变得井井有条。他的身影，在晨光中拉长，仿佛一幅温馨的画卷，定格在我们每个人的心中。

尽管生活艰辛，但大哥对知识的渴望从未熄灭。他深知，唯有读书才能改变命运，走出这片贫瘠的土地。然而，随着年岁的增长，家里的经济压力日益增大。为了减轻父母的负担，大哥在初中毕业后毅然决然地选择了辍学。这个决定，对他而言，无疑是沉重的。但他没有抱怨，只是默默地承担起更多的责任。那一刻，大哥的眼神中闪过一抹不易察觉的失落，但随即被坚定所取代。他暗暗发誓，即使不能继续学业，也要通过努力，让家人过上好日子。

为了掌握一技之长，大哥先后辗转于西安的计算机学校、靖边县的酒店，甚至远赴内蒙古伊利集团，在危险的生产线上挥洒汗水。每一次的离别与归来，都是对大哥意志的磨砺，也是他成长路上不可或缺的磨砺石。

在内蒙古的日子里，大哥的生活充满了挑战与艰辛，经历了职业生涯中最危险也最难忘的时光。硫化碱的生产环境恶劣，稍有不慎便可能酿成大祸。但大哥凭借着顽强的意志和细致入微的工作态度，硬是在那里站稳了脚跟。然而，正当他准备用辛勤的汗水换取更好的生活时，却传来了爷爷去世的噩耗。未能见上爷爷最后一面，成了大哥心中永远的遗憾。那是一个寒风凛冽的冬日，当消息传来时，大哥正埋头于繁重的工作之中，无法立刻抽身。他强忍着泪水，将对爷爷的思念化作工作的动力，却也在夜深人静时，无数次地自责与懊悔。这份遗憾，如同一块巨石，压在他的心头，让他更加珍惜与家人相聚的每一刻。

经历了数年的漂泊与奋斗，大哥最终选择回到家乡，用自己的双手在这片养育了他的土地上播种希望。他先是在我们村的小学担任代课老师，用知识的光芒照亮孩子们的心灵，尽管工资微薄，但他乐在其中，因为那是他回馈家乡的方式。

成家后，大哥又在县城的家乐超市找到了新的工作，虽然依旧忙碌，但总算有了稳定的收入。然而，大哥的志向远不止于此。他渴望更大的舞台，去实现自己的价值。于是，他再次成为付翔炉馍厂的一名推销员，用自己的勤劳与智慧，为产品打开市场，赢得了客户的信赖与尊重。

2008年，是大哥人生中的又一个重要转折点。随着延长油田公司定边采油厂的招聘启事贴满了小镇的每一个角落，大哥报名参加了考试，并最终脱颖而出，成为一名光荣的石油工人。这一干，便是十多年的光阴。

在罗庞塬采油队，大哥从最初的照看油井，一步步成长为站长，再到后来的采购员。每一个岗位，他都倾注了全部的热情与心血。无论是烈日炎炎下的巡井，还是寒风凛冽中的抢修，大哥总是冲在最前面，用实际行动践行着石油工人的责任与担当。他的双手，因长年累月的劳作而变得粗糙，但他的眼神，却愈发坚定而明亮。

在日常生活中，大哥有一个与众不同的习惯——吃饭时习惯用左手，但写字和其他精细活却都是用右手。这个小小的细节，曾让我们感到好奇与不解。后来，大哥笑着告诉我们，这是他在外打工时养成的习惯，因为右手经常需要用来干重活，为了减轻右手的负担，他便慢慢习惯了用左手吃饭。这个简单的解释背后，隐藏的是大哥对生活的无奈与妥协，更是他坚韧不拔精神的体现。

如今，大哥已步入中年，但那份对家庭的责任感、对工作的热情却从未减退。每当节假日，大哥总会带着妻儿回到家中，与我们围坐一堂，分享着各自的喜怒哀乐。他的笑容，如同春日里温暖的阳光，驱散了我们心中的阴霾；他的话语，如同夏日里的清泉，滋润着我们的心田。在大哥的身上，我看到了一个普通农村青年的成长与蜕变，更感受到了那份深沉而厚重的兄弟情谊。

岁月悠悠，转眼间已是十几年的光景。回望过去，大哥的每一步都走得那么坚实而有力。他用自己的实际行动，诠释了什么是责任、什么是担当、什么是坚持。在未来的日子里，我相信大哥会继续以他的方式，书写着属于自己的传奇故事。而我，也将永远铭记这位岁月磨砺的脊梁——我的大哥。

狼狗，狼狼

在那个被岁月轻抚的 90 年代，陕北定边南部山区的小山村，仿佛一幅淡雅的水墨画，静静地铺展在黄土高原的怀抱中。那里，每一寸土地都镌刻着质朴与坚韧，而在这片土地上，有一只狼狗，用它短暂而灿烂的一生，诠释了何为忠诚与守护。

那是一个春日午后，阳光透过稀疏的云层，斑驳地洒在黄土坡上。爷爷从二姨夫家带回了一条小生命——一只黑色的小狼狗，它便是后来我们口中的"狼狼"。初见时，狼狼瘦弱不堪，一身漆黑的毛发中，唯有四只爪子和眼圈闪烁着白色的光芒，像是夜空中最亮的星，却也难掩其眼中的无助与迷茫。它的叫声里充满了对未知世界的恐惧与不安，仿佛是在诉说着前路的坎坷。

母亲初见狼狼，心中满是忧虑，那瘦弱的身躯和无神的双眼让她断定："这狗娃子，怕是活不过三天。"但爷爷却用行动证明了母爱的伟大不仅限于人类。爷爷细心照料，用羊奶和米汤一点点喂养，日夜不离地守护着这个脆弱的生命。

渐渐地，狼狼的眼中有了光彩，毛发也变得顺滑有光泽，它不再是无助的幼崽，而是成为这个家庭的一份子。

随着年岁的增长，狼狼展现了超乎寻常的聪明与灵性。它不仅是爷爷放羊时的得力助手，更是他孤独旅途中的忠实伴侣。每当晨曦初破，爷爷便带着狼狼踏上山路，羊群在前，狼狼紧随其后，偶尔跑到前头，警觉地观察着四周，确保每一分安全。山间的小道上，留下了他们无数次的足迹，也见证了狼狼从青涩到成熟的蜕变。

狼狼似乎能读懂爷爷的心思，无论是喜悦还是忧愁，它总能以无声的方式给予陪伴。春天，它陪爷爷在山坡上追逐嬉戏，享受大自然的馈赠；夏日，它顶着烈日，为爷爷守护羊群，守护它们的安宁；秋风起时，它又与爷爷一起，将丰收的果实运回家中；冬日严寒，它则依偎在爷爷身旁，用体温驱散寒冷。

然而，好景不长，2001年的那个冬天，一场突如其来的意外夺走了爷爷的生命。在爷爷的葬礼上，狼狼静静地守在爷爷的身旁，眼中满是不舍与哀愁。那一刻，所有的语言都显得苍白无力，只有狼狼那无声的陪伴，让人感受到一种超越言语的情感交流。

爷爷离世后，狼狼仿佛失去了灵魂，它不再像以前那样活泼好动，而是经常独自徘徊在爷爷生前放羊常去的地方，仿佛在寻找着什么。不久后，它做出了一个令人意想不到的决定——离家出走。母亲和父亲心急如焚，四处寻找，却始终不见踪影。父亲感慨地说："万物皆有灵性，狼狼或许已找到了自己的归宿。"而母亲则半开玩笑地说："它可能真的成了妖精，躲在了某个不为人知的地方。"

就在所有人都以为狼狼已经离去时，半个月后的一个清晨，它拖着疲惫不堪的身体，踉踉跄跄地回到了家中。那一刻，全家人都惊呆了，他们不敢相信，这个看似已经放弃生命的灵魂，竟然还能回到这个它深爱的家。但狼狼的状态却让人揪心，它拒绝了所有的食物，连平时最爱吃的鸡肉也一口未动。

第二天早晨，当第一缕阳光穿透薄雾照进小院时，母亲在草垛旁发现了狼狼冰冷的身躯。它静静地躺着，仿佛只是睡着了，但那双曾经充满灵性的眼睛，却再也无法睁开。我和大哥心痛不已，我们用一条旧被子轻轻包裹住它，将它安葬在了果园旁的那棵椿树下，那里，可以看到整个家，也能感受到爷爷的气息。

狼狼的一生，是短暂的。它用自己的行动诠释了什么是忠诚与守护，即使面对生死的考验，也从未放弃过对家的眷恋和对主人的忠诚。它的离去，让全家人陷入了深深的悲痛之中，但也让我们更加珍惜眼前的一切，明白了生命的意义不仅在于活着，更在于那份无私的爱与奉献。

如今，每当春风拂过果园，椿树轻轻摇曳，我仿佛还能看到狼狼那矫健的身影，在山坡上自由奔跑，与爷爷并肩同行。它虽然已不在这个世界，但它留下的那份忠诚与守护，却像一盏不灭的灯塔，提醒我们要珍惜每一段缘分，善待每一个生命。

　　狼狼，这个名字，已经不仅仅是一条狼狗的名字，它更是一种精神的象征，一种对忠诚与守护的最高赞美。在未来的日子里，无论岁月如何变迁，我们都不会忘记，在那个遥远的山村，有一只名叫狼狼的狼狗，用它短暂而灿烂的一生，书写了一段关于爱与忠诚的传奇。

驴背上的清泉

在 80 年代的陕北，那片被黄土高原拥抱着的土地上，生活着一群质朴而坚韧的人。我，便是这众多孩子中的一个，我的童年，被一条条蜿蜒曲折的山沟和一头头默默无言的牲畜紧紧相连。每当晨曦初破，或是夕阳斜挂，我便会跟随母亲的脚步，踏上那条通往山沟的崎岖小路，去驮回一家人赖以生存的生命之源——水。

那时的陕北，干旱少雨，水资源尤为珍贵。我们的村子坐落在两座大山之间，村中没有自来水，唯一的水源便是山下几百米的那条隐藏在深山沟里的清泉。那泉水清澈见底，冬暖夏凉，是村民们心中的圣水。每天清晨，当第一缕阳光穿透薄雾，照亮黄土高原的沟壑时，母亲便会唤醒沉睡中的我，准备开始一天的劳作——驮水。

记忆中，母亲总是穿着那件洗得发白且补着补丁的蓝布衣裳，手里牵着那头健壮的灰毛驴。那头驴，是我们家的老伙计，名叫"大灰"，它有着一双温柔而深邃的目光，仿佛能洞察人心。

我揉着惺忪的睡眼，既兴奋又有一丝忐忑。兴奋的是，又能与母亲共度一段温馨的时光；忐忑的是，山路崎岖，担心自己走不动或是给母亲添麻烦。母亲回头，嘴角泛起一抹温柔的笑容，轻声说："儿子，来，帮妈把木桶绑好。"

　　木桶是村里的老木匠用杏木精心箍制的，结实耐用，透着淡淡的木香。母亲将木桶细致地绑在灰驴的背上，两边的绳子穿过木桶的提手，紧紧系在驴鞍上，确保它不会在行走中晃动。一切准备就绪，我们踏上了前往山沟的征途。

　　走在通往山沟的小路上，每一步都充满了挑战。黄土高原的沟壑纵横交错，小路两旁是陡峭的崖壁和稀疏的灌木丛。春天，万物复苏，但道路也因解冻而变得泥泞不堪；夏天，烈日炎炎，热浪滚滚，汗水湿透了我们的衣背；秋天，虽然凉爽，但落叶满地，增加了行走的难度；冬天，则是寒风凛冽，雪花纷飞，每一步都需小心翼翼，以防滑倒。

　　随着太阳逐渐升高，山路上的热气也开始蒸腾，汗水顺着母亲的额头滑落，滴落在脚下的黄土上，瞬间被吸收得无影无踪。大灰也似乎饿了，不时地停下脚步，用鼻子轻嗅路边的青草，或是发出几声低沉的鸣叫。母亲总是耐心地安抚它，轻拍它的背，仿佛在告诉它："再坚持一会儿，马上就到了。"

　　终于，在越过了几道沟之后，我们来到了那个隐藏在山谷深处的泉眼旁。泉水清澈见底，从泉眼中汩汩流出，汇集成一片不大的水洼。这里，是周围几个村庄共同的水源地，也是我们家每天必来的地方。

母亲会先用带来的瓢舀起几瓢水，让驴子先喝，以示感谢。然后，她会熟练地将一瓢瓢水舀进小铁桶里，再倒进驴身两侧的两个木桶里，这木桶，经年累月地使用，已经变得光滑且有光泽，它们承载着的是一家人的希望与期盼。我也学着母亲的样子，虽然力气小、动作笨拙，但那份参与其中的快乐却是无法言喻的。泉水冰凉刺骨，却也格外甘甜，我忍不住捧起一捧水，咕噜咕噜地喝起来，那份清凉直透心底，驱散了所有的疲惫。

装满水的木桶让大灰显得更加沉重，但它依然稳健地行走在回家的路上。我和母亲走在前面。夕阳从东边冒了出来，金色的余晖洒在山路上，照在了我和母亲还有大灰的身上，也温暖了归家的路。

回程的路上，我和母亲轮流牵着大灰，它迈着稳健的步伐，在崎岖的山路上缓缓前行。我时常会停下脚步，望着远方连绵的山脉，心中充满了对未知世界的好奇与向往。母亲则会趁机给我讲一些古老的传说和村里的趣事，那些故事像一股股暖流，温暖着我幼小的心灵。

有时，我们也会遇到同村驮水的乡亲，大家相互问候，分享着彼此的生活点滴。那份淳朴与真诚，至今仍让我怀念不已。

当大灰驮着沉甸甸的水桶，缓缓走进硷畔时，父亲早已等候在门口。他接过母亲手中的绳索，两人合力将水桶从驴背上卸下，然后小心翼翼地倒进家中的大水缸里。每当这个时候，我总能听到哗哗的流水声，仿佛是大自然最动听的乐章，奏响了家的温馨与安宁。

我们家有三口大水缸，分别放置在厨房里。它们像三位忠诚的守护者，默默地存储着每一滴来之不易的清水。除了水缸，我们家还有一口米缸和一口酸菜缸，它们共同构成了我们家生活的全部。米缸里装的是金黄的黄米，酸菜缸则是母亲用来腌制自家种的蔬菜的，这些酸菜是我们餐桌上的美味佳肴。

水缸满了，家里的生活便有了保障。母亲会用这些水做饭、洗衣、喂养家畜，每一滴水都承载着家人的希望与梦想。

年复一年，日复一日，我跟随着母亲去山沟里驮水的日子就这样悄然流逝。那些日子虽然艰苦，却让我学会了珍惜与感恩，也让我深刻体会到了父母为家庭的默默付出与无私奉献。每当我回想起那段时光，心中总是充满了无限的感慨与怀念。

如今，随着时代的变迁，在当地政府的扶持下，生活在这里的人们都有了母亲水窖，有的村甚至是通上了自来水，乡亲们再也不用像过去那样辛苦地去山沟里驮水了。但那段驮水的经历却如同一部生动的教科书，永远镌刻在我的记忆深处，提醒着我要珍惜眼前的一切，不忘初心，砥砺前行。

岁月悠悠，驴铃声声，那段关于 80 年代陕北驮水的记忆，如同一首悠长的歌，穿越时空的隧道，在我心中久久回荡……

如今，当我再次踏上那片熟悉的土地，望着那些曾经留下我足迹的山沟，心中充满了感慨。那些与母亲一起驮水的日子，虽然艰苦，却是我人生中最宝贵的财富。它们让我懂得了生活的真谛，教会了我珍惜与感恩。

母亲的搅团

搅团，顾名思义，是通过不断地搅拌而成的一种面食，其主料是陕北特有的荞麦面。在陕北，荞麦是不可或缺的主食之一，它耐旱耐寒，生命力极强，是这片土地上人们的智慧之选。荞面，是用荞麦磨制而成的，色泽暗红，口感独特，带有一种淡淡的清香。而搅团，正是用这荞面经过一系列精细的工序制作而成的美食，以其独特的口感和营养价值，成了陕北饮食文化中的一抹亮色。

陕北的荞面搅团筋道味美。我小时候有种说法：谁家婆的媳妇儿贤不贤惠，是要看看她打的搅团光不光或筋道不筋道。记得小时候，每当母亲准备做搅团时，整个家里便弥漫着一种期待的气息。她会先在铁锅中烧上半锅水，待水沸腾后，便缓缓地将荞麦面撒入锅中，同时，手中的擀面杖便开始了它的舞蹈——在锅中不停地搅拌，确保每一粒面粉都能均匀地与水融合，形成黏稠而富有弹性的面糊。这个过程，对母亲来说，既是一种体力的考验，也是一场心灵的修行。她需要保持适中的力度和速度，既要防止面糊粘锅，又要保证搅团的细腻与均匀。而我，总是蹲在灶台旁，眼睛一眨不眨地盯着锅里的变化，那份期待与好奇，至今仍清晰如初。

随着母亲手法的愈发娴熟，锅中的面糊渐渐变得浓稠，散发出阵阵诱人的香气，这种香味是荞麦特有的清香，混合着柴火的烟熏味，直抵心脾。每当这时，我便知道，搅团快要做好了。

搅团本身虽简单，但在母亲的手中，却能变幻出多种风味。最直接的吃法，便是趁热将搅团盛入碗中，浇上自家做的酸汤，再撒上韭菜和葱花、蒜泥，再淋上一勺辣椒油，那滋味，酸辣鲜香，令人回味无穷。而我最爱的，却是母亲将搅团切成小块，与腌制的猪肉一同翻炒的吃法。

腌猪肉，是陕北人冬季里不可或缺的储藏食物。母亲会在冬天杀猪时将猪肉在油锅里炸熟，用盐、花椒等调料在一口大缸里腌制起来。到了冬天，取出一块，切成薄片，与搅团块一同下锅翻炒。猪肉的油脂慢慢渗透到搅团中，使其更加油润可口，而搅团则吸收了猪肉的香气，变得软糯中带着一丝丝肉香，两者相得益彰，美味至极。

每当这个时候，我们全家人围坐在炕上，炕桌上摆了热腾腾的搅团，其中最显眼的，便是母亲特意为我做的那盘色香味俱全的搅团炒肉。一家人边吃边聊，谈论着一天的趣事，或是村里的家长里短。母亲则在一旁，笑眯眯地看着我们，眼里满是温柔与幸福。那一刻，时间仿佛凝固，所有的疲惫与烦恼都烟消云散，只留下满满的温馨与爱意。

搅团，不仅仅是一道食物，它承载着母亲对家的热爱与付出，也见证了陕北千万个家庭的幸福与成长。在那个物资并不充裕的年代，搅团成了我们餐桌上的常客，它简单、朴素，却饱含着母亲对家人深沉的爱。每当我想起搅团，脑海中总会浮现出母亲忙碌的身影，以及那份只属于家的味道。搅团，不仅仅是一道美食，更是一种文化的传承和体现。在陕北，搅团承载着人们对家乡的思念和记忆。每当品尝到这道美食时，人们总会想起那些与家人团聚、共度美好时光的日子。

如今，每当我再次踏上那片熟悉的土地，走进那个充满回忆的小院，看到母亲依旧忙碌的身影，心中便充满了无尽的感激与幸福。因为我知道，无论世界如何变迁，那份关于儿时母亲搅团的记忆，将永远镌刻在我的心中，成为我生命中最宝贵的财富。

岁月悠悠，转眼间，我也已为人父。每当周末或假期，我会带着妻儿回到那个充满温情的小山村，与母亲一起动手做搅团。女儿对这一切充满了好奇，她瞪大眼睛，认真观察着奶奶的一举一动，那份专注与我当年如出一辙。我笑着告诉她，这是我们家传的美食，是奶奶对家的爱，也是我们家族的记忆。

在母亲的指导下，妻子也渐渐掌握了制作搅团的技巧。虽然过程依旧烦琐，但每当看到家人围坐在一起，品尝着自己亲手做的搅团，那份满足感与成就感便油然而生。我开始意识到，搅团不仅仅是一种食物，更是一种传承，一种文化的延续，它连接着过去与未来，让我们在品尝中感受到家的温暖与亲情的力量。

箍窑记

20世纪80年代，我出生在陕北白于山的一个小山村，那里山大沟深，梁峁纵横，土地贫瘠，交通不便，是个典型靠天吃饭的旱作农业区。那时候，我们家院子里的四孔窑洞里住着爷爷奶奶，父母以及我们兄弟四人，还有小爸小妈和我的弟弟妹妹。

陕北是黄土高原的中心地带，千百年来，勤劳质朴的陕北人民在这片沟壑纵横、支离破碎的土地上繁衍生息，用勤劳的双手和智慧在这片黄土地上创造了灿烂的黄土文明。在陕北，不论是在沟壑纵横的黄土高原，还是在梁峁起伏的丘陵地带，你总会看到依山傍势、错落有致的窑洞。那些被风化的、斑驳的、沧桑的窑洞像陕北人一样沉默不语，静静地诉说着岁月的故事。

陕北人祖祖辈辈生活在窑洞里，与窑洞结下了不解之缘。窑洞，作为陕北人赖以生存的一种独特的民居形式，承载着陕北厚重的历史文化。那些靠崖式土窑、独立式拱形石窑，千百年来一直是陕北人理想的居住地。黄土高原上的黄土层既厚又硬，且地质结构紧密，为建造窑洞提供了得天独厚的自然条件。陕北的劳动人民充分利用黄土的这一特性，依山势开凿窑洞作为居所，创造了被称为绿色建筑的窑洞。陕北的窑洞冬暖夏凉，住着舒适，节能又环保，是人与自然和谐相处的典范。

陕北人把修建窑洞叫箍窑，箍窑可是个技术活，一般由土匠来掌尺。土匠在陕北个很有身份的，是很受人尊敬的。土匠一般是由那些有经验、有威望、心灵手巧的农村男子担任。土匠的学问很深，也很讲究，他们根据地貌、山川走势等确定窑洞的方位、高度、深浅和窑腿的长短等。一座好的窑洞，不仅要住得舒适，还要住得安全，不能存在安全隐患。那些懂得风水学的土匠，还能根据地形东家确定一个吉利的窑位。箍窑前，东家要准备足够的砖、沙子、土基子、木料、门窗等。那时候，由于经济落后，物资匮乏，一般人家箍窑都是就地取材，以土基子作为主要的建筑材料。箍窑时，先由土匠根据地形地貌放线、挖窑腿，然后用土基子砌墙、安门、安窗，最后盘炕、盘灶、抹泥，一座崭新的窑洞就大功告成了。

那时候，爷爷奶奶还没有给父母和小爸小妈分家，都挤在了一个院子里居住。后来经过家人商量，将孔危窑改造，因为窑洞的门口快要塌陷了，箍起来让小爸小妈他们住。为了节约成本，直接用土基子箍窑洞门口，需要土匠先制作土基子，土基子也称为土坯。那时候砖太贵，加之路不通没法运输，所以一般人家都是用土基作为砌墙建窑洞的材料。脱土基是一项重体力活，一般要由壮劳力成年男子来完成，所以在过去的农村，脱土基也就成了一般成年男子的必备生活技能。脱土基首先要选一块比较平坦开阔的地方，把土块里的杂草、树根、石头等杂物清理干净，然后洒水，把土和成泥，再用铁锹或木夯夯实，等泥晾晒干后，就可以脱土基了。脱土基要两人合作，一人掌模具，一人装泥土、踩泥土、摔打。脱土基是个技术活也是个体力活，装泥土要适量，踩泥土要均匀，摔打要用力，这样脱出来的土基子才结实耐用。脱好的土基子要码放整齐，用塑料布盖好，防止雨淋日晒，等晾晒干后就可以用了。

记得那时候小爸已经结婚几年了，可是一直没有分家，一大家子十几口人挤在一个院子里，确实很不方便。由于家里人多，劳动力也多，在众人的齐心协力下，没用几天时间，就脱好了足够的土基子。箍窑那天，请了村里有名的土匠刘师傅来掌尺。刘师傅五十多岁，身体硬朗，精神矍铄，留着山羊胡子，穿着一身干净的蓝布衣服，头戴一顶黑蓝色的瓜壳帽。刘师傅来了以后，先抽了一锅旱烟，然后在院子里转来转去，左看看，右瞧瞧，眯着眼睛用手指掐算着，嘴里念念有词。他根据窑洞的走向和位置，确定好方位后，就开始放线、挖窑腿。放线是个技术活，一般由土匠亲自完成。放线时，先在窑腿的两边各钉一根木桩，然后在木桩上拉上墨线，沿着墨线用镢头开挖，等挖到一定深度后，就开始砌墙。

刘师傅先把土基子用水浸湿，然后抹上泥浆，再把土基子一层层往上摞，砌到一定高度后，就开始安门、安窗。安门、安窗也有讲究，一般门要留得高一点、大一点，窗子要开得低一点、小一点，这样有利于采光和通风。等墙砌好后，就开始盘炕、盘灶。他们先把炕洞挖好，然后用土坯或砖块砌成炕墙，再在炕墙上抹上泥浆，等泥浆晾干后，就开始盘炕面。盘炕面时，先用麦草或玉米秸秆铺底，上面再铺上黄土，然后用铁锨拍实，最后用泥浆抹平。盘好的炕面既平整又光滑，像一张大床一样。盘灶也有讲究，一般要把灶口留在外面，这样有利于通风和添柴火。灶台的高低和大小要根据锅的大小来确定，灶膛的深度和宽度也要根据火势的大小来确定。等盘好炕、盘好灶后，就开始抹泥。刘师傅先用粗泥浆把窑洞里面抹平，晾干后，再用细泥抹一遍。抹好的窑洞里面既平整又光滑，像一面镜子一样。

刘师傅把窑箍好后，小爸他们一家就搬进去住了。搬进新窑洞的小爸小妈脸上洋溢着幸福的笑容，他们终于有了属于自己的家。那时候，由于家里穷，没有钱买家具，小爸他们就在窑洞里盘了一个火炕，在墙上钉了一个木箱子，用来装衣服和杂物。虽然家具简陋，但是一家人却其乐融融。后来，随着孩子们逐渐长大，小爸他们又在院子里打了几孔新窑洞，重新进行了装修，购置了新家具，日子越过越红火。

再后来，随着农村经济的发展和人们生活水平的提高，越来越多的人开始追求舒适、美观、实用的新型住宅。于是，一座座宽敞明亮、设计新颖、装修豪华的新式窑洞和砖瓦房如雨后春笋般在陕北大地拔地而起。那些古老的土窑洞逐渐被淘汰，成了历史的见证。然而，对于那些出生在陕北农村、在土窑洞里长大的人来说，那些斑驳的、沧桑的、沉默不语的土窑洞，永远是他们心中最温暖的记忆。

如今，父母也将老院子里的窑洞进行了重重改造，拉来了沙子水泥和砖，将窑洞面子砌成了砖墙，里面盘了火炕，装了吊灯，贴了瓷砖，安了门窗，窑洞里既宽敞又明亮，既干净又整洁。父母还在院子里打了两口水窖，安装了抽水泵，接上了互联网，生活过得有滋有味。每到寒暑假，我都会带着妻儿回到老家，和父母一起住在窑洞里，享受着乡村的宁静和惬意。每当夜深人静的时候，我都会躺在火炕上，透过窗户望着满天繁星，思绪万千。那些关于窑洞的记忆像电影一样在脑海中一幕幕闪现，让我久久难以忘怀。

寺沟，寺沟

在那片被岁月轻柔抚摸过的黄土地上，有一个被时光铭记的地方——陕北定边白于山区的寺沟村。这里，是我魂牵梦萦的故乡，是我生命中最初的摇篮，也是那段纯真无邪、勤劳质朴岁月的见证者。

寺沟，一个名字中带着几分神秘与沧桑的村落。据说，村名源于沟畔上那座曾庄严矗立的古寺，它曾是村民们精神寄托的圣地，每逢佳节，香火鼎盛，钟声悠扬。然而，60年代的动荡岁月，让这座古寺化为了一片废墟，只余下几尊无头的石像、沉默的石人和威严不再的石狮子，静静地诉说着往昔的故事。还有那堆被岁月侵蚀的夯土，无声地记录着历史的变迁。寺虽不在，但"寺沟"之名，却无声地诉说着往昔的辉煌与沧桑。而我，作为这个村庄的孩子，自小便在这片充满故事的土地上奔跑嬉戏，与黄土为伴，与山风共舞。

20世纪80年代末，我降生在这片黄土地上，我的童年，是与泥土、牲畜和无尽的田野紧密相连的。村小学离家不远，却也需步行十余里，那条蜿蜒的小路，记录了我与伙伴们的欢声笑语，也见证了我们成长的足迹。放学后，我们不会急于回家，而是先跑到田边地头，为家里的牲口砍上几捆草，那是我们力所能及的劳动，也是与大自然最亲密的接触。

夜幕降临，家中便响起了铡刀与草料的交响曲。我和大哥轮流上阵，将一捆捆青草铡成小段，再小心翼翼地倒进驴槽。那一刻，我仿佛能感受到牲口们满足的眼神，那是一种无声的感谢，也是对我们辛勤付出的最好回馈。

春天，是万物复苏的季节，也是农忙的开始。清晨，我和父母一同踏上那片沉睡了一冬的土地，用骡子拉着沉重的犁，翻开一层层厚实的黄土，让沉睡的土地重获新生。阳光透过云层，洒在这片希望的田野上，金色的光芒与泥土的芬芳交织在一起，构成了一幅温馨而生动的画面。傍晚，我们将积攒了一冬的羊粪，用镢头从圈里挖出，再用榔头打碎，装入粪口袋。这些沉甸甸的口袋，由牲口驮着，穿越田埂，最终撒向渴望滋养的土地。汗水浸湿了衣衫，但心中却充满了对未来的期许。

夏天，是孩子们最自由的季节。每到周末，是属于我和爷爷的放羊时光。我们带着干粮和水壶，走进那片熟悉又神秘的山林。我用羊铲在山沟里挖出小小的窑洞，那是属于我的秘密基地。沟里的河水清澈见底，我会和我的小伙伴们在河沟里嬉戏玩水，用胶泥捏出形态各异的小人，那是我们最纯真的快乐。记得那个暑假，一只羊不慎落入泥潭，全村人的心都被牵动，最终，在大家的共同努力下，那只羊得以脱险，那一刻的喜悦，至今仍让我难以忘怀。

秋天，是收获的季节。金黄的玉米、沉甸甸的谷穗、饱满的土豆……一切都显得那么丰盈而美好。这时节，村里的人们都沉浸在忙碌而又喜悦的氛围中。我和家人也不例外，每天天不亮就起床，收割、晾晒、打场……一系列繁琐的劳动，虽然辛苦，但每当看到那一堆堆金黄色的粮食时，所有的疲惫都烟消云散了。

晚上，全家人围坐在一起，吃着自家种的蔬菜，喝着热腾腾的小米粥，谈论着今年的收成和明年的打算。那一刻，我深深地感受到了家的温暖和幸福。在这片贫瘠而又富饶的土地上，我们用自己的双手创造着生活，也享受着生活的馈赠。

冬天，是寺沟村最为宁静的季节。大雪纷飞时，整个村庄都被覆盖在一片银装素裹之中，显得格外宁静祥和。这时节，农活相对较少，我们便可以围坐在炕上，听爷爷讲述那些古老而又神秘的故事。他的声音低沉而有力，仿佛能穿越时空的隧道，将我们带入那个遥远的年代。

然而，冬天也是充满期待的季节。因为春节即将来临，那是我们一年中最盛大的节日。家家户户都会忙着准备年货、打扫房屋、贴春联……整个村庄都洋溢着节日的气氛。而我和小伙伴们则会迫不及待地穿上新衣、放鞭炮、打雪仗……享受着属于我们的欢乐时光。

日月如梭，转眼间我已离开寺沟多年。但无论我走到哪里，那份对家乡的眷恋与思念始终如影随形。每当夜深人静时，我总会想起那片熟悉的黄土地、那些勤劳朴实的乡亲……它们如同一幅幅生动的画卷，在我的脑海中缓缓展开。

寺沟，你是我永远的根与魂！一个充满故事与温情的地方。在这里，我度过了无忧无虑的童年，学会了勤劳与坚韧；在这里，我感受到了人间的温暖与亲情的伟大。未来，无论我走到哪里，我的根都深深地扎在这片黄土地上。

外婆的岁月印记

在延安市吴起县的一个小山村，有一片被黄土高原特有风情温柔包裹的土地，那里藏着我心中最柔软的记忆——关于外婆的一切。外婆，一个用一生书写着勤劳与坚韧的名字，她的故事如同那片土地上的沟壑，深邃而绵长。

走进李台子村慕崾岘小组，远远望去，一排排错落有致的窑洞依山而建，古朴而宁静。其中，外婆家的那七孔窑洞的院子里靠最西边的那一孔窑洞，虽已斑驳，却依然在我心中占据着不可替代的位置，那便是外婆的家。每当夕阳西下，金色的余晖洒在窑洞的土黄色墙壁上，我总能依稀看见外婆忙碌的身影，在那狭小而温馨的空间里，编织着一家人的幸福与希望。

外婆出生在一个普通的农户家庭，命运似乎从一开始就对她格外苛刻。幼年时，父母相继离世，留下她孤苦无依，幸得二妈的照料，才得以在风雨飘摇中茁壮成长。外婆的童年，既没有父母的宠溺，也没有其他兄弟姐妹的关照，但她学会了坚强与独立，那份早年的苦难，铸就了她不屈不挠的性格。这些品质如同黄土高原上的野草，即便在最贫瘠的土地上也能顽强生长。

外婆在她还未成年时，便匆匆嫁给了同样勤劳朴实的外公，两人携手在这片黄土地上耕耘，用汗水浇灌出生活的希望。在那个物资匮乏的年代，外婆以惊人的毅力和智慧，不仅将家庭打理得井井有条，还养育了包括四个舅舅、三个姨姨和母亲在内的八个子女。由于当时家庭负担过重和物资的匮乏，后来不得不将两岁的四姨过继给了外公的妹妹——我的姑奶奶抚养。面对众多孩子的嗷嗷待哺，外婆没有退缩，而是以惊人的毅力，挑起了家庭的重担。这份沉甸甸的母爱，如同黄土高原上厚重的土层，深沉而温暖。

那些年，外婆与外公并肩作战，在贫瘠的土地上开垦出一片片希望的绿洲。后来，几个舅舅相继结婚成家，都住在了外公和外婆亲手打下的这七孔窑洞里。他们住的每一孔窑洞，都浸透着外婆的汗水与泪水。这些窑洞不仅是遮风挡雨的居所，更是家族繁衍生息的见证。

外婆住的那孔窑洞，不大，却异常整洁。记忆中的它，总是被外婆打扫得一尘不染，土炕上铺着干净的毡褥，墙上挂着几幅褪色的年画，角落里摆放着几件旧家具，每一件都承载着岁月的痕迹。窑洞里最引人注目的是门口的三只大红木箱子，它们不仅是家里的"百宝箱"，更是我们孩子眼中的"宝藏"。箱子里，布料和新衣服整齐叠放，那是外婆为家人缝制的温暖；而另一只箱子里，则装满了各种零食，苹果、核桃、花生、糖果……每当正月里我们去外婆家拜年，外婆总会笑眯眯地打开箱子，让我们这些小馋猫大饱口福。

外婆的一生，是勤劳与奉献的写照。在那个物资匮乏的年代，外婆用她那双布满老茧的手，不仅抚养了八个子女，还帮助邻里乡亲，赢得了大家的尊敬与爱戴。记得小时候，我常听母亲讲述外婆如何起早贪黑，在田间地头辛勤劳作，只为让家人吃饱穿暖。外婆种的菜园，是家里最宝贵的财富，一到秋天，各种蔬菜瓜果琳琅满目，外婆总能用这些简单的食材，变出一桌桌美味的佳肴，让我们这些孩子吃得心满意足。

而我的母亲，作为外婆的四个女儿之一，更是将外婆的温柔与智慧继承得淋漓尽致。她不仅是我生命中最坚实的后盾，也是我心灵深处最温柔的港湾。母亲的言谈举止中，总能感受到外婆的影子，那份对生活的热爱、对家庭的付出，以及对子女的无私奉献。母亲常常会讲起外婆年轻时的故事，那些关于勤劳、节俭与爱的记忆，如同一串串闪亮的珍珠，串联起我们家族的情感纽带。

然而，外婆年轻时因长期的劳累让她的身体逐渐透支，六十岁那年，胃癌的噩耗如晴天霹雳，击垮了这个坚强的女人。尽管病痛缠身，但外婆依然保持着乐观的态度，她常说："人这一辈子，总要经历些风雨，只要心不垮，啥都能挺过去。"外婆的坚强与乐观，深深感染了我们每一个人。在她生命的最后时光里，我们尽可能地陪伴在她身边，陪她聊天，听她讲述过去的故事。那些关于大山、关于家庭、关于父辈们的故事，如同涓涓细流，滋养着我们的心田。

外婆的离世，对全家人来说无疑是巨大的打击。那些曾经充满欢声笑语的窑洞，一时间变得异常冷清。窑洞里红木箱子里的物品和食物早已不见了踪影，但那份熟悉的味道与温暖，却再也无法重现。

日月如梭，转眼间，二十余年一晃而过，几个舅舅陆续搬出了老窑洞，住进了宽敞明亮的新房子，而外婆的窑洞，则像是一位年迈的老人，静静地守候在那里，见证着时代的变迁与家族的兴衰。如今，那孔窑洞已变得破烂不堪，红木门框上的油漆早已剥落，窗棂间也透进了丝丝寒风，但每当我踏上那片土地，心中总会涌起一股难以言喻的情感，那是对外婆深深的怀念，也是对那段纯真岁月的无尽追忆。

如今，每当清明节去给外公外婆上坟时，回到这个熟悉而又陌生的地方，心中总会涌起一股难以言喻的酸楚。那些关于外婆的记忆，如同潮水般涌来，望着那片熟悉的土地，想象着外婆当年忙碌的身影，耳边似乎还能听到她温柔的叮咛和爽朗的笑声。我轻轻地抚摸着那些粗糙的墙壁，仿佛还能感受到外婆的温度，听到她温柔的叮咛。我知道，虽然外婆已经离我们远去，但她的精神，她的爱，将永远镌刻在我们的心中，成为我们前行路上最坚实的依靠。

岁月悠悠，窑洞情深。外婆的窑洞，不仅是一个居住的空间，更是一段历史的见证，一种情感的寄托。它记录着外婆一生的辛劳与付出，也承载着我们对外婆无尽的思念与敬仰。在这个快速变化的世界里，或许有一天，那些古老的窑洞会被遗忘，但外婆的那份深沉的爱，将如同黄土高原上的风，永远吹拂在我们的心田，温暖而悠长。

硷畔上的那棵椿树

在我农村老家的硷畔上，挺立着一棵椿树。它的直径约一米粗，它的枝叶繁茂，每到春天，椿芽吐露，散发着独特的清香，仿佛岁月的见证者。没人确切知道它是何时被种下的，只听闻应是曾祖父在那久远的年代栽下的。

在我的记忆中，那棵椿树有着无比重要的地位。小时候，每到夏天，椿树就成了我们的避暑胜地。炽热的阳光被浓密的树叶遮挡，只在地上洒下星星点点的光斑。我们一群孩子常常在树下嬉戏玩耍，有时还会爬上树去，感受着微风拂过脸颊的惬意。椿树那粗壮的枝干仿佛是一双有力的臂膀，稳稳地托住我们的欢乐与梦想。

而关于这棵椿树，也曾在家庭中引起过一场不小的风波。在小爸和小妈结婚时，奶奶将母亲的一对大红木箱子给了小妈。那对红木箱子是母亲和父亲结婚时外公给母亲的嫁妆，意义非凡。后来在分家的时候，奶奶或许是出于对母亲的补偿，答应将硷畔上的那棵椿树给母亲，让母亲用椿树的木头再做一对箱子。然而，这一决定却遭到了小妈的极力反对。

一时间，家庭的气氛变得紧张而微妙。

小妈认为，那棵椿树是家里的共同财产，不应该只给母亲一人。而母亲则觉得，奶奶既然已经答应，就应该算数。双方各执一词，互不相让。那段时间，家里总是弥漫着一股压抑的气息，往日的温馨与和谐被打破。

最终，小爸小妈他们重新打了五孔窑洞，搬离了我们的老院子。或许是新窑洞、新生活让他们放下了对椿树归属的执着，从此再没提起过这件事情。而那棵椿树，依然静静地立在硷畔上，像是一位忠实的守护者，默默地注视着这一切。

日子一天天过去，我在椿树的陪伴下渐渐长大。2004年的冬季，我当兵入伍，离开了家乡，离开了那棵陪伴我成长的椿树。在部队的日子里，训练艰苦，生活紧张，但每当感到疲惫和孤独时，我总会想起家乡硷畔上的那棵椿树。它那坚强的身影，仿佛在告诉我要勇敢面对一切困难。

几年后，当我再次回到家乡，却得知那棵椿树已经死了。母亲说，也不知道是什么原因，它就那样慢慢地枯萎了。听到这个消息，我的心中涌起一阵难以言喻的悲伤。那棵曾经充满生机的椿树，如今却已不再。母亲将它挖了出来，竖立在了窑洞的旁边。

当我再次看到它时，它静静地竖立在那里，虽然已经没有了生命的气息，但它那粗壮的树干和依旧伸展的枝干，仿佛还在诉说着曾经的故事。我走上前去，轻轻地抚摸着它粗糙的树皮，那些曾经的记忆如潮水般涌来。

如今，每次回到家乡，我都会去看看那棵椿树。它已经成了我心中永恒的象征，代表着家乡的温暖、童年的欢乐以及亲人间的深厚情感。尽管它已不再枝繁叶茂，但它在我心中永远屹立不倒。

随着时间的流逝，家乡也发生了许多变化。新的房屋拔地而起，道路变得更加宽敞，但那棵椿树所在的角落，始终是我心中最珍贵的地方。它见证了家族的变迁，见证了岁月的流转，也见证了我的成长。

有时，我会坐在椿树旁边，回忆起小时候的点点滴滴。那些和小伙伴们一起玩耍的笑声，大人们亲切的呼唤声，仿佛还在耳边回荡。椿树虽然死了，但它留下的回忆却永远鲜活。如今，生活的节奏越来越快，人们总是在忙碌中追逐着各种目标。但每当我回到这里，看到这棵椿树，我便能重新找回内心的宁静和力量。它让我明白，无论走多远，无论经历多少风雨，家乡永远是我的根，那些曾经的美好永远值得珍藏。

或许有一天，这棵椿树会在风雨中渐渐腐朽，但它所承载的情感和记忆，将永远留在我的心中，成为我生命中最宝贵的财富。在未来的日子里，我会将这份记忆传递给我的子女，让他们也知道，在这片土地上，曾经有一棵椿树，见证了家族的兴衰，见证了爱的传承。

岁月悠悠，椿树依旧。它是我心中永远的守望，永远的眷恋。

魏梁山脚下的青春足迹

在陕北大地的辽阔怀抱中，巍然矗立着一座令人心生敬畏的山峰——魏梁山，它不仅是地理上的坐标，更是无数人心中的灯塔，这座被誉为陕北第一高峰的雄伟山脉，以其独有的姿态，静静地守望着岁月更迭，见证了一代又一代人的成长与梦想。而我与魏梁山的故事，便是在那懵懂无知的少年时代悄然铺陈开来。

记忆中的白湾子镇，仿佛一幅淡雅的水墨画，静静地铺展在魏梁山的怀抱之中。清晨的第一缕阳光还未完全揭开夜色的面纱，小镇便已被一层淡淡的薄雾轻轻笼罩。远处，魏梁山的轮廓在晨光中若隐若现，宛如一位沉睡的巨人，等待着第一声鸡鸣的唤醒。那时的我，作为白湾子中学一名普通的初中生，却因对体育的热爱，与这座山峰结下了不解之缘。

每天清晨，当大多数同学还沉浸在梦乡之时，我和其他几位被选入体育尖子班的同学，已经在郝老师的带领下，踏上了前往魏梁山的征途。郝老师，一位身材矫健、眼神坚定的女体育老师，她的身影总是那么充满活力，仿佛永远不会疲惫。她常说："山再高，也高不过人的意志；路再远，也远不过追梦的脚步。"这句话，成了我们日后无数次攀登魏梁山时最坚实的信念。

山路崎岖、陡峭，每一步都充满了挑战。初时，我们总是气喘吁吁，汗水浸湿了衣衫，但郝老师总是以身作则，鼓励我们不要放弃。她会在每一个难以坚持的关头，用她那温暖而坚定的声音告诉我们："再坚持一下，山顶的风景，值得你所有的努力。"

随着时间的推移，我们逐渐适应了这种高强度的训练，身体变得更加结实，意志也愈发坚定。每当站在魏梁山的顶峰，俯瞰着脚下的白湾子镇，那种"会当凌绝顶，一览众山小"的豪情便油然而生。那一刻，所有的疲惫仿佛都烟消云散，只留下内心的平静与满足。

魏梁山的晨跑成了我们日常训练的一部分，也是最为艰苦的一环。随着季节的更迭，无论是寒风凛冽的冬日，还是烈日炎炎的夏日，我们从未间断。每一次登顶，都是对自我的超越；每一次回望，都能看见郝老师那坚定而温暖的身影。在她的带领下，我们学会了坚持，学会了面对困难时不轻言放弃。

初二那年，我凭借着在魏梁山下积累的坚韧与汗水，成功被选拔到榆林体校深造。离开白湾子中学的那天，我再次登上了魏梁山，心中满是对过去的怀念和对未来的憧憬。离别的时候，郝老师站在校门口，向我挥手告别，她的眼中闪烁着泪光，但更多的是骄傲与期待。那一刻，我深深地明白，是魏梁山赋予了我坚韧不拔的品格，是郝老师的悉心教导，让我有了追逐梦想的勇气。

榆林体校的日子，是汗水与泪水交织的岁月。在这里，我遇到了更多志同道合的伙伴，也遇到了更加严格的挑战。但每当夜深人静，我总会想起魏梁山上的日出，想起郝老师的教诲，那些记忆如同灯塔一般，照亮我前行的道路。

时间如白驹过隙，转眼间，我已站在了2004年的门槛上，怀揣着对国家的忠诚与热爱，我选择了参军入伍。军营的生活，比体育训练更加严格，也更加考验人的意志。但每当我想起魏梁山下的那些日子，想起郝老师的鼓励与期望，我便有了无尽的动力。

在部队，我经历了从一名普通士兵到优秀战士的转变，每一次的拉练、演习，都让我更加深刻地理解了"坚持"与"奉献"的含义。我开始明白，家乡的魏梁山不仅是我青春记忆中的一座山峰，更是我人生旅途中一座重要的精神坐标，它教会了我如何在逆境中坚持，在挑战中成长。

岁月如歌，十几年的军旅生涯稍纵即逝，转眼间我已从部队转业到家乡的县城工作，虽然已步入中年，但每次回想起在白湾子中学读书和魏梁山跑步的那段时光，却如同烙印一般，深深地刻在我的心中。每当有机会回到白湾子镇，我总会忍不住再次踏上那条熟悉的山路，去重温那些年的青春与梦想。

站在魏梁山的山顶，俯瞰着这片养育了我的土地，心中充满了感激与自豪。魏梁山，这座陕北的第一高峰，不仅见证了我的成长与蜕变，更成了我心中永恒的精神家园。在未来的日子里，无论我走到哪里，无论我遇到怎样的困难与挑战，我都会铭记这段在魏梁山下的青春足迹，让它成为我前行路上的不竭动力。

村庄的葬礼

在陕北这片广袤而又厚重的黄土地上，生命的诞生与消逝都遵循着古老的法则和传统。老张的离去，如同这片土地上无数个平凡生命的谢幕一样，既悄无声息，又惊天动地。

老张的家，坐落在黄土高原的一个角落里，几孔窑洞，一方小院，便是他一生的栖身之所。那院子里曾经有他和妻子的欢声笑语，有女儿们成长的足迹，也有他辛勤劳作洒下的汗水。如今，随着他的离去，已经荒废的院子显得格外冷清和寂寥。

老张去世的消息，像一阵风一样传遍了整个村庄。人们在叹息之余，也纷纷伸出援手，帮助料理后事。按照村里的习俗，逝者不能直接拉进村庄和家里，需要提前安葬。于是，在那个初冬的夜晚，在月光的映照下，老张的遗体被悄然送往了墓地，没有太多的喧嚣，只有亲人们悲痛的哭泣和邻里们沉重的脚步声。

第二天清晨，当太阳升起，阳光洒在老张那破旧的窑洞前时，葬礼正式开始。窑洞的中央，摆放着老张的照片，照片中的他，脸上带着憨厚的笑容，仿佛还在诉说着对生活的热爱和对家人的牵挂。

吹鼓手们早早地来到了现场，他们鼓起腮帮子，用力地吹着唢呐。那悲怆的乐声，在村庄的上空回荡，仿佛在向每一个人诉说着老张一生的艰辛与不易。前来吊唁的村民络绎不绝，他们有的是老张的亲戚朋友，有的是曾经的邻里乡亲。大家怀着沉痛的心情，走进窑洞，在老张的照片前鞠躬默哀，表达对他的敬意和怀念。

老张的大女儿，那个一直跟随他务农、从未读过书的朴实女子，此刻早已哭成了泪人。她穿着一身素衣，眼神中充满了无尽的悲痛和迷茫。她知道，从今往后，她再也没有了父亲的庇护，她要独自面对生活的风风雨雨。二女儿也从外地读书赶回来了，她面容憔悴。想起曾经与父亲一起度过的时光，想起父亲为了供她读书付出的艰辛，她的泪水忍不住夺眶而出。她后悔自己没有更多的时间陪伴在父亲身边，没有好好报答父亲的养育之恩。三女儿默默地站在一旁，她的眼神中充满了自责和悔恨。她想起小时候因为调皮捣蛋惹父亲生气的场景，想起父亲一次次宽容和教导她的画面，心中充满了愧疚。小女儿还未成年，她似乎还不能完全理解死亡的含义。但看着姐姐们悲痛的样子，看着周围人们悲伤的神情，她也知道，那个疼爱她的父亲再也回不来了。

前来吊唁的村民们，有的拉着老张女儿们的手，轻声安慰；有的站在一旁，默默地流泪；有的则回忆起老张生前的点点滴滴，感慨着他的善良和勤劳。

"他这一辈子，太不容易了。"一位老者叹息着说道，"年轻的时候妻子就走了，一个人拉扯着四个女儿长大，吃了多少苦，受了多少罪啊！"

"是啊，他为人老实憨厚，从来没跟人红过脸。在地里干活儿，也是一把好手。"另一位村民接着说道。

"可惜了，还没享几天福，就这么走了。"大家你一言我一语，话语中充满了对老张的惋惜和同情。

在葬礼的现场，还有一群特殊的人，那就是老张生前的好友们。他们有的是一起在田间劳作的伙伴，有的是一起在村里玩耍的发小。他们聚在一起，回忆着曾经与老张一起度过的快乐时光。

这些回忆，如同温暖的阳光，照亮了人们心中悲伤的角落。虽然老张已经离开了这个世界，但他的善良和友爱将永远留在大家的心中。

第三天早上，在吹鼓手们悲怆的唢呐声中，人们都要去安葬老张的地方烧灵、烧纸，女儿们跟在人群后面，哭声震天。村邻乡舍的人们纷纷加入队伍中，送老张最后一程。

队伍沿着村庄的小路缓缓前行，路边的树木在寒风中瑟瑟发抖，仿佛也在为老张的离去而悲伤。到了墓地，人们不断地向老张烧着纸钱，希望他在另一个世界能够过得富足。

葬礼结束后，人们陆续离开了墓地。老张的女儿们却依然守在那里，久久不愿离去。她们知道，从今往后，这里将是她们与父亲心灵相通的地方。

随着时间的流逝，老张的离去渐渐成了村庄里的一段回忆。但他的故事，他的善良和勤劳，将永远在这片土地上传颂。而他的女儿们，也在父亲离去的悲痛中逐渐坚强起来，她们带着父亲的期望和祝福，继续勇敢地面对生活的挑战。

在这片黄土地上，生命如同四季更替，有花开，有花落。老张虽然已经离去，但他的生命之花曾经在这里绽放过，留下了芬芳和温暖。而他的离去，也让人们更加珍惜生命，珍惜身边的亲人和朋友，更加懂得生命的宝贵和脆弱。

随想杂谈

在路遥的文字里，寻找生命的远方

在浩瀚的文学星空中，有这样一位作家，他以笔为舟，以心为帆，穿越时代的风浪，将一幅幅生动而深刻的社会画卷缓缓展开在我们面前。他，就是路遥，一个名字与改革开放伟大征程紧密相连，用文字书写时代精神，激励无数青年前行的文学巨匠。

初识路遥，是在一个春日的午后，阳光透过窗棂，洒在泛黄的书页上，我轻轻地翻开那本《平凡的世界》，仿佛推开了一扇通往另一个世界的大门。那一刻，我被书中那些平凡而又坚韧的生命深深吸引，路遥以他那质朴无华却又力透纸背的文字，构建了一个既平凡又伟大的世界，让我第一次如此真切地感受到生活的厚重与生命的坚韧。

路遥笔下的世界，是平凡的，却也是伟大的。他擅长从日常生活的细微处入手，通过一个个普通人的命运起伏，折射出整个时代的波澜壮阔。记得《平凡的世界》开篇那句："一九七五年二三月间，一个平平常常的日子，细蒙蒙的雨丝夹着一星半点的雪花，正纷纷淋淋地向大地飘洒着。"瞬间将我带入了一个既熟悉又陌生的世界。那是一个被历史洪流裹挟，却又顽强生长着个体梦想与追求的时代。孙少安、孙少平两兄弟的故事，如同一曲悲壮而又激昂的生命赞歌，让我在阅读中无数次动容。

《平凡的世界》是路遥的代表作，也是我阅读路遥作品的起点。在这部百万字的巨著中，我看到了孙少平、孙少安两兄弟在苦难中不屈不挠、勇往直前的身影。他们出身贫寒，却心怀壮志，用自己的双手和智慧，在时代的洪流中奋力挣扎，追求着属于自己的幸福与尊严。路遥通过这两个小人物的故事，深刻揭示了改革开放初期中国社会的巨大变迁，以及普通人在历史洪流中的生存状态与精神追求。路遥用质朴无华的语言，将这份坚韧与执着刻画得淋漓尽致，让读者在感动之余，也生发出对生命意义的深刻思考。

随着阅读的深入，我越来越被路遥笔下的人物打动，他们不仅仅是书中的角色，更像是我的朋友，甚至是某个时刻的我自己。在阅读过程中，我仿佛也成了故事中的一员，与主人公同悲共喜，感受着那份来自心底的震撼与力量。我开始明白，真正的伟大，并不在于你拥有多少财富或地位，而在于你如何面对生活的挑战，如何在逆境中保持一颗向上的心。路遥的作品，正是这样一种精神的传递者，它让我们相信，即使是最平凡的生命，也能绽放出耀眼的光芒。

如果说《平凡的世界》是一部时代的史诗，那么《人生》则是路遥对个体命运深刻洞察的结晶。小说中的高加林，是一个充满理想与抱负的青年，他渴望走出黄土高原，改变自己的命运。然而，命运似乎总爱与他开玩笑，一次次将他推向人生的低谷。面对爱情、事业、道德的抉择，高加林经历了从迷茫到清醒，从逃避到担当的心路历程。

我被路遥笔下的世界深深吸引，那里有对爱情的执着追求，有对梦想的坚定信念，有对命运的顽强抗争。他笔下的每一个人物都是那么鲜活，那么真实，仿佛就生活在我们身边。他们的故事让我感动，让我震撼，更让我思考。我开始反思自己的生活，思考那些曾经被我忽视的美好与珍贵。

阅读路遥的作品，是一场心灵的长途跋涉。在这场旅途中，我时而欢笑，时而流泪，时而沉思，时而振奋。他的文字像一把锋利的刀，剖开了我内心的伪装，让我看到了最真实的自己。我开始学会珍惜，学会感恩，学会在逆境中坚持梦想。在读《人生》的过程中，我感受到了选择的重要性，也体会到了责任的重量。高加林的故事让我明白，人生的道路并非一帆风顺，每一次选择都可能决定我们的命运走向。而真正的成长，往往在于我们如何面对选择后的结果，如何承担起责任。路遥通过高加林的遭遇，告诫我们：在追求梦想的同时，也要学会珍惜眼前人，坚守内心的道德底线。

除了《平凡的世界》《人生》，我还阅读了路遥的其他作品，如《在困难的日子里》等。路遥的每一部作品都让我受益匪浅，它们不仅丰富了我的精神世界，更让我对人生有了更加深刻的思考。我开始意识到，文学不仅仅是一种娱乐方式，更是一种灵魂的滋养，一种对生命本质的探索和追问。

路遥的作品，不仅仅是个人命运的书写，更是对那个时代精神的颂扬。改革开放初期，中国社会正经历着前所未有的变革，人们的思想观念、生活方式都在发生着深刻的变化。路遥以其敏锐的洞察力和深邃的思考力，捕捉到这一历史进程中的点点滴滴，并将其融入自己的作品。《人生》中的高加林，面对城乡差距和爱情选择的困惑，他的挣扎与抉择，正是那个时代青年普遍面临的难题。路遥通过高加林的故事，展现了个人理想与现实之间的矛盾与冲突，同时也传递出一种积极向上的生活态度——无论生活多么艰难，都要勇于追求梦想，勇于担当责任。

路遥的精神世界是丰富而深邃的，他既有着对时代变迁的敏锐洞察，又有着对人性深刻的理解与同情。他笔下的每一个人物，都是那么鲜活而真实，仿佛就是我们身边的某个人，他们的故事让我们感同身受，也让我们在反思中成长。正是这种深厚的人文关怀和质朴的语言风格，让路遥的作品具有了跨越时空的魅力，成了一代又一代人的精神食粮。

这种时代精神，在路遥的作品中得到了淋漓尽致的展现。他用文字记录下了那个时代的风云变幻，用故事激励了一代又一代的青年人勇往直前，不断追求更加美好的未来。在路遥的笔下，我们看到了一个充满机遇与挑战的时代，也看到了一个充满希望与梦想的中国。

路遥的作品之所以能够打动人心，除了其深刻的社会洞察力和精湛的艺术表现力外，更重要的是他作品中所蕴含的精神力量。那是一种对美好生活的向往，对自我价值的追求，对社会责任的担当。这种精神力量，跨越了时间和空间的界限，与每一个读者的心灵产生了强烈的共鸣。

路遥虽然已离我们远去，但他的作品却像一盏明灯，照亮了后来者的道路。在陕西省榆林市清涧县王家堡村，那座因路遥而闻名的村庄，正以一种全新的姿态，向世界展示着文学的力量。路遥故居、路遥纪念馆、路遥书苑……这些不仅是对路遥生平的纪念，更是对文学精神的传承与弘扬。

走进路遥故居，我仿佛能穿越时空，看到那个在黄土高原上奔跑的少年；漫步在路遥纪念馆内，我被那一件件展品、一幅幅照片深深吸引，这里陈列着大量珍贵的历史资料和文物，生动地再现了路遥的创作历程和人生轨迹，它们无声地讲述着路遥的生平事迹和创作历程；而在路遥文学村里，我更是感受到了文学的力量与魅力，那些关于梦想、关于奋斗、关于爱的故事，在这里被赋予了新的生命与意义。最让我难忘的是人生影视城，它以一种独特的方式，将路遥作品中的场景再现于世人面前。漫步其中，我仿佛置身于那个充满激情与梦想的时代，与书中的人物一同经历着那些难忘的岁月。这种身临其境的感受，让我对路遥的作品有了更深的理解和感悟。

走进路遥故居，仿佛在与这位伟大的作家进行一场心灵的对话。那些简陋的家具、泛黄的书稿，无一不在诉说着路遥生前的点点滴滴。在这里，我更加深刻地感受到了路遥对文学的热爱与执着，也更加坚定了我要继续阅读他的作品，传承他的精神的决心。阅读路遥的作品，对我而言，不仅仅是一种享受，更是一种精神的洗礼和人生的启迪。他的文字，如同一股清泉，滋润着我的心田，让我在喧嚣的尘世中找到一片宁静的港湾。在路遥的笔下，我看到了人性的光辉与阴暗，看到了生活的艰辛与美好，也看到了自己未来的无限可能。路遥的作品教会了我很多，其中最重要的一点就是：无论生活多么艰难，都要保持一颗向上的心，勇往直前，不断追求自己的梦想。他用自己的经历告诉我们，只有经历过风雨的洗礼，才能见到彩虹的绚丽；只有经历过挫折的磨砺，才能成就更加坚韧的自己。

如今，每当我再次翻开路遥的作品，总能感受到一种莫名的力量在激励着我前行。这份力量，源自对文学的热爱，源自对生命的敬畏，更源自对时代的担当。我相信，在未来的日子里，无论我走到哪里，无论我遇到多少困难，我都会带着这份力量，继续前行，在人生的道路上书写属于自己的精彩篇章。

读路遥，就是读一部中国社会的变迁史，就是读一段普通人的生命赞歌。他的作品，如同一面镜子，映照出我们这个时代的精神风貌和价值取向。在未来的日子里，我将继续阅读路遥的作品，感受那份来自心底的震撼与力量，同时，也将努力传承和弘扬路遥精神，为实现中华民族伟大复兴的中国梦贡献自己的一份力量。因为，在路遥的文字间，我找到了属于自己的方向和力量。

　　路遥，感谢你用文字陪伴我走过了这一段段难忘的时光，感谢你让我在平凡的世界中找到了属于自己的不平凡。愿你在天堂安息，愿你的文字永远照亮后来者的路。

镇北堡旅行记

　　在那片被历史风霜轻抚，又被现代光影温柔拥抱的土地上，宁夏镇北堡西部影视城静静地诉说着过往与未来的故事。阳光透过稀疏的云层，洒在这片古老而神奇的土地上，为我们的家庭之旅披上了一层金色的外衣。奶奶，那位年逾八旬却依旧精神矍铄的长者，携着妈妈、大哥以及我的妻子，一同踏上了这场穿越时空的旅行。

　　车窗外，风景如画卷般缓缓展开，从繁华都市的喧嚣逐渐过渡到广袤无垠的西北风光，心也随之变得宁静而深远。奶奶坐在副驾驶的位置，眼神中闪烁着孩童般的好奇与期待。她轻声细语地讲述着年轻时对远方世界的憧憬，那份纯真与热情，仿佛能穿透岁月的尘埃，感染到车内的每一个人。

　　抵达影视城，第一眼便被那古朴的城门所吸引，斑驳的城墙记录着岁月的痕迹，仿佛每一块砖石都在低语，讲述着往昔的辉煌与沧桑。奶奶缓缓下车，脚步虽慢却稳健，她的笑容在阳光下显得格外温暖，那是一种对生活无限热爱的表现。我们一行人跟随奶奶，踏进了这座充满故事的地方。

影视城内，一幕幕熟悉的场景跃然眼前，《大话西游》中紫霞仙子与至尊宝的经典对白仿佛还在耳边回响，《红高粱》里那片炽热的红高粱地也近在咫尺。奶奶对这些影视作品并不陌生，每当走到一处熟悉的场景，她都会停下脚步，细细端详，眼中闪烁着回忆的光芒。大哥则在一旁耐心地为她讲解这些故事背后的意义，两人相视一笑，那份默契与温馨，让周围的空气都充满了甜蜜。

大哥，作为家中的长子，总是走在最前面，为我们规划路线，介绍每一处景点的历史与文化。他幽默风趣的解说，让这次旅行充满了欢声笑语。而妻子，则紧紧拉着我的手，她的眼神中既有对未知的好奇，也有对我深深的依赖。我们漫步在影视城的每一个角落，感受着那份跨越时空的情感共鸣。

在影视城的一间老茶馆前，奶奶停下了脚步。她轻轻抚摸着斑驳的木门，眼神变得深邃而遥远。"这里，让我想起了我年轻时候看过的那些戏。"奶奶缓缓说道，"那时候，没有电视，没有电影，村里偶尔会有戏班子来唱戏，全村的人都会围坐在一起，那热闹劲儿，现在想想都让人怀念。"

我们围坐在茶馆内，点了一壶宁夏特有的八宝茶，听奶奶讲述那些关于过去的故事。她的话语中，既有对旧时光的怀念，也有对现在生活的珍惜。那一刻，我仿佛看到了时间的河流在我们面前缓缓流淌，带走了许多东西，却也留下了更多值得珍惜的记忆。

午后，阳光变得柔和而慵懒，我们在影视城内的一家特色餐馆品尝了地道的西北美食。奶奶虽然年事已高，但胃口依然很好，她笑眯眯地品尝着每一道菜，还不忘夸赞几句。妈妈在一旁照顾着她，细心地为她夹菜，那份细致入微的关怀，让在场的每一个人都感到动容。大哥和妻子则在一旁谈笑风生，分享着彼此的工作与生活趣事。我则静静地坐在奶奶身边，享受着这份难得的宁静与温馨。那一刻，我深刻体会到，无论世界如何变迁，家的温暖与亲情的力量，永远是我们最坚实的依靠。

随着夕阳西下，我们的影视城之旅也接近尾声。在离开之前，我们特意在影视城的标志性建筑前合影留念。奶奶站在中间，笑容满面，她的脸上写满了幸福与满足。那一刻，我知道，这次旅行不仅仅是一次简单的出游，更是一次心灵的洗礼，让我们更加珍惜彼此，更加珍惜眼前的幸福时光。

回家的路上，车窗外依旧风景如画，但我们的心中却多了一份沉甸甸的收获。奶奶轻轻地靠在座椅上，似乎已经有些疲惫，但她的眼神依旧明亮而温暖。我轻轻地握住她的手，心中默默许下愿望：愿时光能缓，愿故人不散，愿我们永远都能像今天这样，手牵手，心连心，共同走过人生的每一个阶段。

宁夏镇北堡西部影视城之行，不仅让我们领略了西北大地的壮丽风光，更让我们在亲情的陪伴下，体验了一次心灵的旅行。在未来的日子里，无论我们身处何方，这段美好的回忆都将如同璀璨的星辰，永远照亮我们前行的道路。

时间都去哪了

时间在选择与放弃中奔走。人的一生总在决断与接续中度过。初中时，是选择中专技校还是高中；高中时，是选择从军还是上大学；毕业后，是选择商海激荡还是结婚生子……无论如何选择，都要付出巨大的代价！时常听到也时常反问，十几年前的毅然选择到底值不值？转业后选择了从警到底值不值？蓦然回首，才发现青春早已不在！此时此刻的值与不值似乎毫无意义，内心的纠结与挣扎更显得苍白无力！既然选择，就只能有一种状态：奋斗！因为这是青春最美的姿势！既然选择了从警，就要坚守一个信念，决不让无为毁了这身衣裳；既然选择了奉献，就要守住一个信仰，为了祖国甘愿血洒疆场！

时间在埋怨与放任中流逝。因为年轻，我们总是对生活有太多的不满；因为年轻，我们总以为有很多力量；因为年轻，我们时常埋怨，生不逢时、知音难觅、怀才不遇，总以为自己能力超群，只是因为没有找到合适的平台。殊不知，直线与方块的刻板、自尊到自信的距离，不是每个年轻人都能丈量；汗水浸湿的泥土、泪水浇灌的黄沙，不是每个年轻人都敢品尝；生死与共的感情、肝胆相照的赤诚，不是每个年轻人都能拥有！幡然醒悟，明日复明日，明日并不多！与其后悔当年的从军路，与其后悔当今的从警，不如拾起还不算太重的行囊，奔走于人生目标的大道上，让梦圆于脚下站立的这片土地。

时间在迷茫与淡然中消逝。明明年轻，却假装老练，因为我们不愿暴露内心的创伤；明明做错，却不肯承认，仿佛只有这样才能捍卫那点微弱的尊严；明明在乎，却故意玩味，似乎这是彰显大度与气场的标志。倘若青春没有创伤，我们谈何成长？倘若青春没有跌倒，我们谈何智慧？倘若青春没有执着，我们谈何成功？诚然，迷茫是时间的伴奏曲，我们总是在迷茫的伴随下探寻时间的足迹。但迷茫绝不是时间的障碍，不能因为迷茫，我们就淡然面对一切，就玩起看破红尘的逍遥自在。谈进步，以我是"草根二代"自嘲，不去努力；谈荣誉，以我是"无欲无求"自解，不去拼搏；谈责任，以我是"人微言轻"自诩，不去担当。工作业绩跟不上，没事，平平淡淡过一生；工作作风不扎实，没事，浮着舒服实干累。殊不知，这一个个没事，诉说的正是我们那高傲无知的自尊。不要在茫然中蹉跎，不要在消极与胆怯虚度时间。

找寻时间，就是不畏浮云遮望眼；留住时间，就是珍惜当下的每一天；把握时间，就是用心镌刻人生的每一笔……

在医院的那些日子

　　生活，总是在不经意间给予我们无数的考验与磨砺，而医院，这个汇聚了生老病死、悲欢离合的地方，更是成了许多人生命中不可或缺的记忆篇章。对我而言，医院不仅仅是一个治疗伤痛的地方，更是见证我家庭成长、爱与责任深刻体现的圣地。从大女儿的诞生，到小女儿的到来，再到陪伴家人度过的一次次健康挑战，那些在医院的日子，如同一部细腻的情感电影，每一帧都镌刻着爱与坚持。

　　2013 年 11 月的深秋，寒风中带着一丝不易察觉的温柔，仿佛预示着即将到来的不仅仅是季节的更迭，更是生命的奇迹。妻子挺着孕肚，脸上洋溢着即将成为母亲的幸福与期待。那个清晨，当第一缕阳光穿透云层，照进产房，伴随着一声清脆的啼哭，我们的大女儿来到了这个世界。那一刻，所有的等待与焦虑都化作了泪水与欢笑；那一刻，我深刻体会到了生命传承的伟大与神圣。

　　在医院的那几天，是忙碌而又幸福的。我努力地学习如何抱起这个柔软的小生命，如何给她换尿布，如何在她哭闹时给予最温柔的安抚。医院妇产科的走廊里，回荡着新生儿此起彼伏的哭声和家长们温柔的话语，那是世界上最动听的音乐。每当夜深人静，我总会轻轻握住妻子的手，感激她给予的这一切，也暗暗许下承诺，要成为这个家最坚实的依靠。

2014年正月的一个上午，当我刚从部队的训练场上完成实弹射击回到办公室时，就接到了妻子打来的电话，妻子在电话里哽咽着说已被诊断甲状腺恶性肿瘤，需要马上手术。这个消息如同一记重锤，让我瞬间感到了前所未有的压力。我迅速请好假从乌鲁木齐坐上飞机急匆匆地飞往银川，带着妻子来到了宁医大附属医院。手术前的每一个夜晚，我都紧紧握着她的手，试图用我的温暖驱散她心中的恐惧。

手术当天，我在手术室外焦急地等待，时间仿佛凝固。直到医生走出手术室，告诉我手术很成功，我心中的大石才终于落地。接下来一个月的日子里，我成了妻子的贴身护士，照顾她的饮食起居，陪她复健，看着她一步步恢复健康。那段在医院的日子，虽然艰难，却也让我们之间的感情更加深厚，更加珍惜彼此的存在。

转眼间，时间来到了2018年，我们的生活再次迎来了新的篇章。小女儿的出生，为这个家增添了更多的欢笑与温暖。她的到来，让原本就充满爱的家变得更加完整。然而，与上次不同，这次我更加熟练地扮演着父亲和丈夫的角色，更加懂得如何平衡工作与家庭，如何在忙碌中给予家人足够的关爱与支持。

在医院的那几天，我见证了小女儿从最初的啼哭到逐渐适应这个世界的每一个瞬间。每当夜深人静，我都会轻轻抱起她，看着她熟睡的脸庞，心中充满了无尽的感激与幸福。我知道，这一切都是我们最宝贵的礼物。

随着岁月的流逝，家人的健康也成了我们最为关心的话题。那些年，我陪母亲看过病，陪她走过了一段段艰难的治疗之路。母亲的坚强与乐观，给了我无尽的力量与勇气。每当看到她因病痛而皱起的眉头，我都会暗暗告诉自己，一定要更加努力，为家人撑起一片天。

同时，我也成了女儿们坚实的后盾。无论是大女儿需要看牙时的紧张与不安，还是小女儿感冒时的焦急与担忧，我始终陪伴在她们身边，给予她们最坚实的依靠。在医院的那些日子，我深刻体会到了作为父亲的责任与担当，也更加珍惜与家人共度的每一刻时光。

回首那些在医院的日子，虽然充满了挑战与不易，但也让我收获了太多的感动与成长。我学会了如何面对生活的种种变故，如何在逆境中保持乐观与坚强；我更加深刻地理解了家庭的意义与责任的重要性；我也更加珍惜与家人共度的每一刻，无论是欢笑还是泪水，都将成为我人生中最宝贵的记忆。

在未来的日子里，无论生活带给我们什么样的考验与磨砺，我都将带着这份爱与责任继续前行。因为我知道，只要心中有爱，有家人的支持与陪伴，就没有什么是我们克服不了的。而那些在医院的日子，也将永远镌刻在我记忆的深处，成为我人生旅途中一道独特的风景线。

中年之悟：在岁月的长河中悠然前行

在人生的长河中，每个人都是自己航船的舵手。或顺流而下，享受沿途风景；或逆水行舟，奋力搏击风浪。每个阶段都有其独特的风景与感悟。对我而言，即将步入不惑之年的此刻，回望来路，那些在山沟沟里的童年记忆、军营中的热血青春、警徽下的责任与担当，以及在家庭中的温馨与成长，如同一幅幅生动的画卷，缓缓展开，那些关于青春、梦想、责任与爱的记忆，如同山间蜿蜒的溪流，汇聚成一幅幅生动的画卷，铺展在我的心田。

我出生在陕北白于山区的一个小山村，那里是黄土高原的一部分，沟壑纵横，黄土漫天。记忆中的童年，是放学后与小伙伴们追逐在黄土坡上，是夏日里在村头的大槐树下听老人们讲述古老的传说，是冬日里围坐在炕上，母亲用粗糙的双手为我缝补衣物的温暖。那时的我，对世界充满了好奇与向往，那些关于坚韧、关于希望的故事，如同种子一般，在我幼小的心田里生根发芽。

2004 年的冬天，带着对未知世界的好奇与向往，我踏上了从军之路。那时的我，青春洋溢，满腔热血，以为世界尽在脚下。十三年的军旅生涯，如同一部厚重的史书，记录了我从青涩少年到成熟战士的蜕变。在部队的日子里，我学会了坚韧不拔，懂得了责任与担当。每一次训练场上的挥汗如雨，每一次紧急任务中的挺身而出，都是对自我极限的挑战与超越。那些日子，虽然艰苦，却也无比充实，它们像一把锋利的刻刀，在我生命的石碑上镌刻下永不磨灭的印记。

2017年，当我脱下那身熟悉的军装，站在人生的又一个十字路口，心中既有对过往的留恋，也有对未来的不确定。但军人的本色告诉我，无论身处何方，都要勇于面对挑战，积极拥抱变化。于是，我转身成为一名人民警察，先后在王圈梁公安检查站、郝滩派出所工作，后来又因疫情需要，调至县联防联控办公室。这些岗位，虽各有不同，但共同之处在于守护一方平安，服务人民群众。我深知，这份职业不仅仅是一份工作，更是一份使命，一份责任。在每一个加班的夜晚，每一次调解纠纷的现场，我都努力践行着"人民公安为人民"的誓言，让那份在军营中锤炼出的初心与使命，在新的岗位上继续发光发热。

提到中年，不得不提的是家庭。2013年，我与妻子携手步入婚姻的殿堂，随后迎来了两个可爱的女儿。她们的到来，为我的生活增添了无尽的欢乐与幸福，也让我深刻体会到了为人父的责任与不易。每当工作之余，回到家中，看到孩子们纯真的笑脸，听到她们清脆的笑声，所有的疲惫仿佛都烟消云散了。家庭，就像是我人生旅途中的一处温馨港湾，无论外面的世界如何风雨飘摇，这里总能给我最坚实的依靠和最温暖的慰藉。

2023年，我被调至县政府办公室工作，面对新的工作环境和更高的工作要求，我深知自己需要不断学习、不断进步。中年，是一个承上启下的阶段，它既有青春的余韵，也有未来的期许。在这个阶段，我学会了更加从容地面对生活中的种种挑战，也更加珍惜眼前所拥有的一切。

如今，即将站在四十岁的门槛上，我更加深刻地体会到了"中年"这两个字的重量。中年，是人生的一个重要阶段，它既是青春的延续，也是成熟的开始。在这个阶段，我们不再像年轻时那样冲动与盲目，而是学会了更加理性地看待问题，更加从容地面对生活。我们开始懂得珍惜，珍惜身边的人，珍惜眼前的幸福；我们开始学会放下，放下那些不必要的执念与包袱，让自己得以轻装上阵。

同时，中年也是一个反思与成长的时期。我们开始回望过去，总结经验教训，为未来的道路铺设更加坚实的基石。我们不再满足于现状，而是不断追求自我提升与超越，努力在有限的生命里，活出无限的精彩。正如那句老话所说"四十而不惑"，到了这个年纪，我们应该对人生有了更加清晰的认识与定位，知道自己想要什么，该做什么。

我开始反思人生，思考未来的方向。我意识到，无论是工作还是生活，都需要有一个明确的目标和规划。我开始计划利用业余时间，学习新知识，掌握新技能，不断提升自己的综合素质。我相信，只有不断学习，才能跟上时代的步伐，不被时代所淘汰。我也期待着有一天，能够用自己的所学所长，为社会做出更大的贡献。

人到中年，或许会有许多感慨与无奈，但更多的是对生活的热爱与期待。

人到中年，是岁月的馈赠，也是生命的礼赞。在这个阶段，我们或许不再拥有青春的容颜与活力，但我们拥有更加丰富的阅历与更加深邃的思想。让我们以一颗平和的心态，去拥抱每一个当下，珍惜每一份拥有，勇敢地迈向未来的路。因为，正是这些点点滴滴的经历与感悟，构成了我们独一无二、精彩纷呈的人生篇章。

阅读的味道

月明星稀之夜，凉风飒爽，独倚窗边，沏茶一杯，手捧一卷《曾国藩家书》慢慢品读，读着读着，仿佛自身也沉浸在古人的岁月里。晚清名臣曾国藩，因发奋读书，最终实现了底层草根人物命运的逆转，成为晚清政坛的风云人物。曾国藩说过：人的气质，由于天生，不易改变，唯有读书可以改变其气质。如此看来，读书是一个既能丰富知识底蕴，又能提升涵养气质的过程。

或许有人会问，读那么多书有什么用？迟早还不是忘记了。然而事实并非如此，忘记的只是曾经的过往，而我们的内心已经在阅读中逐渐成长，强大起来。有位著名主持人曾说过这么一句话：读过的书或许我们会淡忘，但是在读书的过程中，我们的涵养和底蕴已经在无形中提升了。

不过，书要怎么读才对呢？有两条很好的读书方法，我是比较欣赏的。

第一，读书就要读经典。细细思量，读书的目的是为什么，就是为了学习别人的智慧和思想，不断提升自己的修为。

那么，为什么要读经典呢？经典之所以为经典，就是经过了时间的考验，其中的智慧和思想经过了实践的检验，这是人类智慧的结晶，是最值得后人学习和汲取的。当然，品读经典也要讲究方法，最好的方法就是精读。因为从学习效率上来说，精读的效果远比泛读好，能让读书的效率倍增。泛读虽然能学到不少东西，但是忘得也快。精读就不一样了，精读真正能够达到吃得深、吃得透，让我们思有所感、学有所获。

第二，读完一本书再读新书。就读书而言，一本书没有读完的情况下，不要急着去读另一本书。现实生活中，许多人存在着这样的习惯，就是一下子弄来好多书，这本翻翻、那本翻翻，总是定不下心读完一本书，到最后，他可能哪一本都没有好好读完、哪一本都没读通，更没读透。所以在一本书没读完的情况下，不要急着去读其他新书。

读书就要让自己尽情地遨游于书海之中，让书卷的甘露滋润渴望的心田，从而细细品味书香。虽然读书要沉浸其中，但不要死记硬背，记得《曾国藩家书》中也提到，"凡读书，不必苦求强记，只须从容涵泳，今日看几篇，明日看几篇，久久自然有益。"

小左从警记

　　小左进到 D 县公安局工作，这对他来说，完全是个意外，因为在这之前，他是个装修工。当年辍学之后心灰意冷，拎起行李箱，踏上了末班车，直奔志丹县。他的小女朋友眼泪汪汪地拉着他的衣角不松手。小左双眼含泪，但去意已决。

　　在跟石膏和腻子粉打交道的过程中，小左又报名参军了，部队把他从石膏腻子粉中拽了出来。他很感谢部队，也很珍惜印着"中国人民解放军空军"字样的笔记本，心里永远铭刻着部队大门上挂的"八一"军徽。

　　那些因奔跑和汗水侵蚀而开裂的胶鞋和军用 T 恤，那段每天早餐用一根筷子串四个大馒头的时光，都能让他热血沸腾。那段流年，那段属于小左埋头挥动双拳击打沙袋，挥汗如雨的五公里和四百米障碍，星期天向女朋友炫耀肱二头肌的奋斗日子。那些岁月，小左无不整天一路奔跑着，傻傻地沉浸在明天后就能真正成为一名合格战士的无限遐想中。

　　怀揣对军人的无限热爱，以及这辈子都脱不掉的军装的情怀，小左挑灯夜战，开始复习备战，准备考 B 省空军通信士官学校，但当时被爱情冲昏头脑的小左，一直盼着感情事业双丰收。曾经的未来丈母娘对人极其苛刻，要求小左保证工作地必须在她家附近，不然免谈，那段日子可折磨死了小左。四月，B省空军通信士官学校招录学员，小左如愿以偿了，又因为没有达到未来丈母娘的要求，小左失恋了。

在收到B省空军通信士官学校的录取通知书后，小左哭得一塌糊涂。后来战友们问起小左，当时为什么哭，小左洒脱地告诉他们，那是实现愿望后激动的泪水。在报到的途中，由于当时报到的时间限制和火车票紧张，小左只能选择购买站票，在火车上站了两天两夜，也想了一路，发誓要出人头地，当优秀学员，干一番轰轰烈烈的大事业，要不然就对不起自己的梦想和家乡父老乡亲的嘱托。

在部队士官学校摸爬滚打的日子漫长而艰辛，虽没有花前月下的浪漫，但战友的手足情却是那么宝贵，让小左难以忘怀。每一份欢笑与泪水，每一次挫折与成功，都见证了小左在部队生活的苦与乐。日月如梭，两年的军校生活转瞬即逝。后来，由于工作原因小左调回了离家乡不远的N省Y县空军雷达站。日子不紧不慢地一天天地过着，转眼十二年的军旅生涯结束，再后来，小左转业在家，等待分配。

工作分配命令下来后，小左分配到了D县公安局H派出所。听同事讲，这个派出所是离县城较远的一个派出所，那里风景极好，有山有水，是一个绝佳的养生之处。也有师兄对小左讲，H派出所地理位置独特，辖区人员复杂。看着一起参加工作的战友满脸洋溢着幸福的笑容去别的单位报到了，小左穿着崭新的警服，拉着行李箱，落寞地站在县公安局大门口，曾经破大案、抓坏人的想法也浇熄了大半。

由于路途遥远，班车颠簸了近两个小时后他才到达 H 派出所，草草收拾下，小左算是安顿了下来。

H 派出所坐落在 D 县的最东端，人员流动频繁，治安情况复杂。307 国道和青银高速横贯东西，贯通南北。区域优势明显，是周边地区物资交流集散地。派出所下辖两个乡镇，派出所所在的小镇风景优美，矗立在山巅的一个个风力发电钢塔如变形金刚，时刻守护着这幅水墨画卷。

刚下过雨的黄昏，空气里弥漫着阵阵清洗过的泥土芳香，小镇炊烟袅袅升起，一簇簇树丛伴着渐渐落下的夜色开始变得模糊。已经不早了，沿着十字南街吹来的冷风绕过依稀还看得见的狭窄街道，刮过小左的脸庞，他感受到冬日里的丝丝寒意。小左跑了出去，走过墙体斑驳、行人稀少的巷子，站在街道旁仰望寒冷的天空，等待它一层一层黑下来，街道上穿梭着大小车辆，远山慢慢模糊的影子，一切，都好安静。

远方农家亮起了孤灯，在山涧雾团里若隐若现，孤独的影子瞬间感染了整个世界。风把那些思乡的或是已经在归途中的游子吹得内心悲凉。面对此情此景，小左不禁多愁善感起来。唏嘘中，小左想到了年过七旬的爷爷奶奶。

由于小左的父母很早就意外去世，是爷爷奶奶将他们兄弟三人抚养长大的，此刻想起奶奶浑浊的泪水，看着树叶摇曳在寒冬里，如同倔强的火焰，小左大声喊出了自己的名字，整个世界都安静了下来，小左也渐渐安静下来了。

等第一天上班时，小左异常兴奋和激动，虽然破大案的梦想破灭了，但只要穿着这身警服，在哪里工作都已经不重要了。派出所的杜民警领着小左去看办公室，小左清晰记得当时办公室的布置，尤其是床前面的那个立式柜子，小左的印象最为深刻。因为，小左在部队时就有一个相似的柜子。待杜民警走后，小左准备坐下来，可屁股刚一碰到床上，床头就掉下去了，意料之中的是，小左也摔倒了。这一摔，对小左的信心还是有些打击的，他沮丧地站起来，随手打开办公桌底的抽屉，今天算是巧了，抽屉面板也掉在地上了。作为一个山里娃，他从容掸去警服上的尘土，清扫了办公室地板，擦了窗户，在门房借来工具修好了抽屉，整理了那个与在部队一样年轮的柜子，另外还帮床治了腿病。

开会欢迎新战友，老所长的讲话率真而朴实，小左感觉到了久违的温暖。杜民警和所内民协警兄弟满脸憨厚的笑，使小左本来因害怕发言而异常紧张的心缓和了许多。老所长招呼大家热烈鼓掌欢迎这个新来的兄弟，木讷的小左当时什么都没有想，所内战友兄弟的淳朴和单纯深深感染了他，那一刻，小左算是真正读懂了战友情谊的珍贵，读懂了战友相互之间那份热乎乎的关怀。曾经的纠结和不安彻底烟消云散，来自灵魂深处的触动，让他暗下决心，一定要好好干出点成绩来让老所长瞧瞧。

接下来的日子，小左发现 H 派出所处警大多都是土地纠纷、企业被农民挡路阻工、丈夫喝醉了回家家暴媳妇等事情。小左因为刚参加工作，不擅长调解纠纷，老所长安排他跟着杜民警学。杜民警是个老民警，从警近二十年了，比小左大十来岁，跟小左的小伯是同班同学。小左一直左右为难不知该怎么称呼杜民警，按理说杜民警应该是"叔"字辈的，但是小左最后出于对杜民警的尊重，一开始把他叫杜叔，后来日子长了就不叫了，因为杜民警说小左喊他叔，越喊他就越老，后来小左就干脆称老杜为师傅。这个老民警在派出所也是个很重要的角色，按小左的话说就是执法主体，H 派出所管辖两个乡镇，杜民警主管其中的一个。由于该乡镇土地纠纷一直频发，杜民警经常是一个通宵一个通宵地忙，一包烟接着一包烟地抽。为了能减轻杜民警的工作压力，小左开始用心学习。

　　在跟着杜师傅一起摸爬滚打的日子里，小左的工作还算平稳，没过多久，小左就和来派出所办事的老百姓发生了冲突，原因是那对夫妻给小左提出了非常无理且不合法的要求，小左想依法办事，不得不跟老百姓吵，老百姓指着小左的鼻子骂娘。所长听见吵闹，劝走了那对夫妻，来到了办公室，给小左说了一句话：你办案子冲在前面没话说，但是我们警察还有一条重要职责，那就是服务人民，说完这句话，所长就走了。从那以后，不论遇到多无理的人，小左都没发过火，所长的那句"服务人民"的话像钉子一样，钉在了小左的心里。

当警察后，小左感觉时间不属于自己，跟所有派出所的警察一样，忙碌一天，很晚才能睡觉。那段时间，小左终于体会到了什么叫睡眠不足。派出所的老民警们总是在自己的抽屉里备着速效救心丸和一些应急药——有个姓李的民警和小左关系较好，他俩总是在一起聊着警队。小李刚刚结婚，一个人负责一项非常重要的工作，每天忙到很晚才睡觉。有一天深夜，小李找到还在办公室加班的小左，他俩一根接着一根抽烟，小李说："天啊，我的心脏快不行了，但我不能丢下工作不管，我婆姨老是说我不回家，我该怎么办？"小左猛地吸了一口烟，笑着说："等我婆姨啥时候这样说我了，我再告诉你怎么办。"

日光倾洒而下，时光的无声溜走也常伴着伤心别离。局里下了文件，老所长要去局里政工监督室工作了。小左为老所长高兴，但心里，小左有一种被抛弃的感觉。欢送会上，老所长几度哽咽，小左心里也不是滋味，莫名感觉少了些东西，所有的人都在那呆坐着，待老所长讲完话，大家就去隔壁小饭馆吃散伙饭。那晚，小左不胜酒力，醉了。小左醉了想，如果哪一天自己离开了，杜师傅会像今天那样伤心地哭吗？

老所长走了，所里又来了一名新所长和两名协警，后来小左肩上的担子越来越重。慢慢地，小左成了所里的顶梁柱。

总有人问，小左，你为什么会当警察，当警察很危险的，这个时候小左也不知道怎么回答；小左在参加市局培训的时候参观过一次警察史馆，在展览馆里看见了一堵墙，这堵墙叫英烈墙，墙上黑白照片里的人都是全市公安的前辈，但是他们却永远地离开了这个世界，有的和小左一般大，有的比小左还小。那时小左受到了极大震撼，因为他想起了一句话，这个世界总有一部分人要去牺牲和奉献，比如军人，比如警察。也是在那个时候，小左忽然明白了警察这个名词的真正含义。

"我有一碗酒，可以慰警察。"干久了警察这个职业，真能变成"六亲不认"的人。这不是说警察有多高尚，而是说，警察有自己的职责和使命，因为职责和使命，只能选择牺牲家庭、牺牲个人。警察的牺牲和奉献是注定的，就像我们永远忠诚于党一样，牺牲和奉献也是警察的一种信仰，有了信仰的人，还怕遭罪吗？想到这，小左挺直了腰，走进了办公室。

妻 子

在人生的长河中，总有一些人，如同夜空中最亮的星，照亮我们前行的道路，给予我们无尽的温暖与力量。对我而言，我的妻子，那位来自吴起县的温婉女子，便是那抹最温柔的光芒，照亮了我归家的路，让每一个平凡的日子都充满了不平凡的意义。

我们的相遇，仿佛是命运巧妙的安排。一次偶然的机会，通过家人的介绍，我们开始了跨越千山万水的书信往来，后来是电话里的低语呢喃。那些日子里，虽然相隔万里，但心灵的距离却随着每一次通话而不断拉近。她的话语，如同春风拂面，温暖而细腻，总能在我工作疲惫时给予我无限的力量。2013年的冬天，当我和妻子携手步入婚姻的殿堂时，我仍身着橄榄绿，驻守在新疆伊犁那片辽阔而遥远的土地上。部队的生活紧张而有序，但每当夜深人静，心中那份对家的思念便如潮水般涌来。妻子，一个在县城幼儿园里辛勤耕耘的园丁，用她的微笑和爱心浇灌着孩子们的心田，也用自己的方式，默默支持着我。

那时的我们，相隔千山万水，只能通过一根细细的电话线，传递彼此的思念与关怀。电话那头，妻子的声音总是那么温柔而坚定，她从不抱怨生活的艰辛，总是鼓励我安心服役，说家里一切都好。但我知道，那些日子里，她一个人承担了太多：工作的压力、生活的琐碎，还有不时袭来的孤独与无助。特别是当她被诊断出患有甲状腺疾病时，我远在千里之外，除了焦急与无助，更多的是对她的心疼与愧疚。

幸好，经过一番周折，我得以请假前往宁夏医科大学附属医院，陪在妻子身边，陪她走过那段艰难的日子。手术室外，我焦急地等待，心中默默祈祷；手术后，我细心照料，只愿她能尽快康复。那一刻，我深刻体会到，家，不仅仅是一个地理位置，更是两颗心紧紧相依的港湾。

时间如白驹过隙，转眼间，2017 年的春风再次吹遍了大地，我也结束了数年的军旅生涯，转业回到了家乡。那一刻，我知道，从此我可以与妻子朝夕相处，共同承担起家庭的责任与幸福。

大女儿已经长成了亭亭玉立的少女，她聪明伶俐，是我们的骄傲，也是我们爱情的结晶。虽然这些年，她主要由丈母娘照顾，但每当看到她笑靥如花，我都能感受到妻子在背后付出的辛劳与不易。为了这个家，她牺牲了太多个人的时间与梦想。

重逢的日子里，我们更加珍惜彼此。妻子依然保持着那份对生活的热爱与执着，她不仅是个好母亲，更是个好妻子。

家里的每一个角落，都留下了她忙碌的身影和温暖的笑容。每当夜幕降临，一家人围坐在餐桌旁，分享着一天的喜怒哀乐，那份简单而纯粹的幸福，让我觉得所有的等待与付出都是值得的。

2018 年 6 月，随着小女儿的出生，我们的家庭又增添了一份新的喜悦与希望。这个小生命，如同天使一般降临，她明眸皓齿，聪明伶俐，给我们的生活带来了无尽的欢乐与温馨。为了全心全意地照顾小女儿，妻子毅然辞去了幼儿园的工作，成了一名全职妈妈。这个决定，对她来说，既是牺牲也是责任。她用自己的全部精力，呵护着小女儿的成长，从牙牙学语到蹒跚学步，每一个成长的瞬间，都凝聚了她的心血与汗水。

看着妻子忙碌而又幸福的身影，我深感自己的幸运与幸福。她用自己的方式，诠释了母爱的伟大与无私，也让我更加明白了家的意义。在这个充满爱的家庭里，我们共同经历了风雨，也共享了阳光，每一份付出与收获，都让我们的关系更加紧密，让我们的爱更加深厚。

这些年，妻子为了家庭付出了太多太多。她用自己的坚韧与温柔，撑起了我们这个小家的一片天。无论是操持家务、照顾孩子，还是在我工作遇到困难时给予我鼓励与支持，她都是那么无怨无悔，那么默默无闻。

记得有一次，我因为工作上的事情心情烦躁，回到家后一言不发。妻子看在眼里，急在心里，她也没有多问，只是默默地为我泡了一杯热茶，然后坐在我身边，静静地陪着我。那一刻，我仿佛听到了她心中的声音："别怕，有我在。"那一刻，所有的烦恼与疲惫都烟消云散，只留下满满的感动与温暖。

岁月悠悠，转眼间我们已经携手走过了十多个春秋。在这些年里，我们共同经历了生活的酸甜苦辣，也见证了彼此的成长与蜕变。我深知，没有妻子的支持与付出，就没有我今天的一切。她是我生命中最重要的人，也是我永远的依靠。

在人生的旅途中，能够遇到这样一位妻子，是我最大的幸运。她不仅是我的伴侣，更是我灵魂的港湾。

在这个快节奏的时代，能够拥有一份细水长流的爱情，实属难得。我感激命运让我遇见了她，感激她在我生命中的每一个重要时刻都不离不弃。她的爱，如同春日里的细雨，悄无声息地滋养着我的心田；她的坚强，则是我前行路上最坚实的后盾。

未来的日子里，无论风云变幻，我都将紧紧握住她的手，与她并肩前行。因为我知道，有她在身边，便是最好的时光；有她相伴，岁月方能静好。愿我们的爱情，如同那不灭的星辰，永远璀璨夺目，照亮彼此的人生旅途。

我的表弟拴柱

在我的记忆长河中，表弟拴柱始终是一个独特而鲜活的存在。他比我小四岁，那带着浓厚陕北乡土气息的小名，是外婆赋予他的，饱含着长辈对他最朴实的祝福与期望。

小时候，我曾在吴起县王洼子乡庙台小学借读了两年。那段时光里，拴柱与我相伴。每日清晨，我们迎着陕北高原那带着丝丝凉意的风，一同走向那所不大却充满生机的学校。课间休息时，我们会在校园的角落里嬉戏玩耍，或是在他家的那棵老杏树下，抬头望着满树黄澄澄的杏子，满心期待着成熟的时刻。

然而，命运却在一个看似平常的日子里，跟拴柱开了一个不小的玩笑。那是一个杏子熟透的季节，拴柱像往常一样领着妹妹去摘杏子，他灵活地爬上了杏树，想要摘下那诱人的果实给妹妹吃。可就在那一瞬间，意外发生了，他失足跌下了山崖。当家里人找到他时，他已经昏迷不醒，那一刻，恐惧和无助笼罩着整个家庭。

幸运的是，拴柱奇迹般地好了起来。或许是这片黄土地赋予了他坚韧的生命力，又或许是命运不忍心夺走这个充满朝气的少年的未来。经过一段时间的休养，他又能和我们一起在田间奔跑，在校园欢笑。

后来，拴柱在初中毕业后去了延安卫校读书。本以为他会沿着这条医学的道路一直走下去，成为一名救死扶伤的医者。然而，在卫校尚未毕业时，他做出了一个让人意外的决定——跟着村里人去宁夏银川市学做寿材的手艺。当我得知这个消息时，心中满是疑惑和担忧。在常人眼中，这并不是一个主流的选择，可拴柱却有着自己的想法和坚持。

他说，生死之事，乃是人生必经，为逝者提供最后的安息之所，也是一份庄重的责任。就这样，他在银川的那些日子里，潜心学习，手艺日益精湛。

学成归来后，拴柱在吴起县开了一家寿材门市和鲜花店。起初，生意并不景气，毕竟在这样一个小县城里，人们对于这类生意的需求并不频繁。但拴柱并没有气馁，他凭借着自己的真诚和精湛技艺，逐渐赢得了客户的信任和口碑。

他会用心地为每一位逝者打造最合适的寿材，每一处细节都处理得恰到好处，仿佛在完成一件艺术品。而他店里的鲜花，总是那么鲜艳和充满生机，为那些悲伤的场合带来了一丝温暖和慰藉。

随着时间的推移，拴柱的生意越来越好。他不仅在当地小有名气，还承包了吴起县殡仪馆的生意。如今，他已经是两个儿子的父亲，生活的责任更重了，但从他的脸上，看到的更多是幸福和满足。

每次见到拴柱，他那略带结巴的话语中，总是充满了对生活的热爱和对未来的憧憬。他会跟我讲生意上的点点滴滴，会分享孩子们成长的趣事，也会回忆起我们小时候一起在庙台小学的日子。

如今，每当我回到吴起县，走在熟悉又陌生的街道上，看到拴柱的寿材门市和鲜花店，心中总会涌起一股暖流。这里不仅是他事业的起点，更是他梦想绽放的地方。店里进进出出的人们，带着悲伤或是期许，而拴柱总是以他那真诚的笑容和贴心的服务，给予他们安慰和帮助。

两个儿子的成长是拴柱现在最为关注的事情。他希望孩子们能够接受良好的教育，拥有更多的选择机会。他时常跟我说起，要努力为孩子们创造更好的条件，让他们能够去看看外面的世界，追逐自己的梦想。

为了孩子们的未来，拴柱更加努力地经营着生意。他不断地改进寿材的工艺，引进新的花卉品种，还拓展了一些相关的服务，如丧葬仪式的策划和布置。他的用心和创新，让他的生意在竞争激烈的市场中始终保持着优势。

随着社会的发展变化，拴柱的生意也迎来了新的机遇和挑战。拴柱敏锐地捕捉到了这一商机。他利用互联网平台，将自己的产品进行线上推广。通过网络，他的寿材和鲜花不仅在吴起县闻名，甚至远销到了其他县域。生意的扩大让拴柱更加忙碌，但他却乐在其中。

然而，成功的背后也并非一帆风顺。在拓展业务的过程中，拴柱遇到了资金周转、人才短缺等问题。但他凭借着多年来积累的经验和人脉，以及不服输的精神，一一克服了这些困难。

　　看着如今事业有成、家庭美满的拴柱，我心中满是感慨。那个曾经在杏树上跌落的少年，那个勇敢选择自己道路的青年，如今已经成了一个能够独当一面的男子汉。他用自己的努力和坚持，书写了属于自己的精彩人生。

　　我相信，在未来的日子里，无论遇到什么困难和挑战，拴柱都能够像过去一样，坚强面对，勇往直前。而我，也会一直为他祝福，为他骄傲。他就像那山崖上的一棵白杨，顽强地生长，绽放着属于自己的光芒。

吾家有女初长成

与妻子结婚后的第一年，2013年11月，我的大女儿出生了，我给她取名叫李思懿。那时，我在部队服役，而妻子也在幼儿园工作，在这样的情况下，大女儿只能由我的丈母娘在农村老家抚养。

农村的天地广阔而自由，大女儿在那里如同一只快乐的小鸟，自由自在地成长。虽然我和妻子不能时刻陪伴在她身边，但从丈母娘传来的只言片语和照片中，能看出她的聪明乖巧。她早早地学会了说话，学会了走路，学会了用稚嫩的声音叫着"爸爸""妈妈"，那声音仿佛是世界上最动听的音符，每次在电话里听到，都能让我心生无尽的温暖和思念。

时光匆匆，转眼间，大女儿到了上学的年龄。当她背着书包走进校园的那一刻，我仿佛看到了一棵幼苗即将茁壮成长为参天大树。她热爱学习，尤其是英语，一直都考满分，数学、语文也是名列前茅。每次听到老师对她的赞扬，我和妻子都满是骄傲和欣慰。

2017年，我从部队转业回到了县城里工作。终于，一家人能够团聚在一起，那些曾经缺失的陪伴，我想要一点点地弥补回来。大女儿总是喜欢跟我分享学校里的趣事，她的眼睛里闪烁着光芒，那是对知识的渴望和对未来的憧憬。我会耐心地听她讲述，给她鼓励和建议，看着她一点点进步，我深知，陪伴才是给孩子最好的礼物。

回到县城工作稳定后，我与妻子商议再要一个孩子。我们希望大女儿能有一个伴，在成长的道路上相互扶持，共同面对生活的喜怒哀乐。妻子辞掉了幼儿园的工作，全心全意地迎接新生命的到来。2018 年，小女儿降生了，名叫李思妍。

小女儿的到来，让我们这个家更加充满了欢声笑语。她活泼可爱，就像一个小太阳，无时无刻不在散发着温暖和快乐。从她会走路开始，每次都黏着我和妻子，那小小的身影跟在我身后，嘴里不停地喊着"爸爸"，让我的心都要化了。

她从小酷爱画画，那五颜六色的画笔在她手中仿佛有了生命，每一幅画都是她内心世界的展现。每次我下班回来，她都会迫不及待地给我送上一幅自己画的画。画中既有对人物的塑造，也有小动物的可爱，每一笔每一画都充满了童真和想象。她那期待的眼神，总是希望我能给予她赞美和肯定。看着她的画，我仿佛看到了一个未来的小画家正在慢慢成长。

为了支持小女儿的爱好，我和妻子商量着给她报一个美术辅导班。当我们把这个消息告诉她时，她高兴得手舞足蹈，那欢乐的场景至今仍深深地印在我的脑海里。希望在辅导班里，小女儿如鱼得水，尽情地发挥着自己的天赋和创造力。

大女儿思懿则以姐姐的身份，处处照顾着妹妹。她会耐心地教妹妹认字、读书，姐妹俩在一起的画面总是那么温馨和谐。每当妹妹因为画不好而发脾气时，姐姐总是轻声细语地安慰她，鼓励她重新尝试。而妹妹也总是把姐姐当作自己的榜样，努力追赶着姐姐的步伐。

看着两个女儿一天天长大，我深感责任重大。我希望能给她们一个温暖、幸福的家，让她们在充满爱的环境中成长。我会在周末带着她们去公园玩耍，感受大自然的美好；会在假期陪她们一起旅行，拓宽视野，增长见识。我希望她们不仅有优异的成绩，更有健康的身心和善良的品质。

在教育女儿的道路上，我和妻子也在不断地学习和探索。我们深知，言传身教的重要性。努力让孩子做到尊老爱幼、勤奋努力，希望能为女儿们树立一个好榜样。鼓励她们勇敢地追求自己的梦想，不怕困难，坚持不懈。

夜晚，当两个女儿都安静地睡去，看着她们甜美的面容，我感到无比的幸福和满足。我知道，未来的路还很长，会有风雨，会有坎坷，但只要我们一家人携手共进，就一定能迎接美好的明天。

大女儿的聪慧努力，小女儿的天真活泼，都是我生命中最珍贵的宝藏。我感谢命运的恩赐，让我拥有了这两个可爱的女儿。我也会用我全部的爱，陪伴她们走过人生的每一个阶段，见证她们的成长和绽放。

随着时间的推移，大女儿在学习上的压力逐渐增大。面对越来越多的功课和考试，她偶尔也会感到焦虑和疲惫。每当这时，我会帮助她一起分析问题，寻找解决办法。妻子则会在生活上给予她无微不至的关怀，为她准备营养丰富的饭菜，保证她有充沛的精力应对学习的挑战。

在家庭生活中，两个女儿也给我们带来了无数的欢乐和感动。大女儿会在母亲节为妻子送上亲手制作的贺卡，小女儿会在我们忙碌一天后为我们捶背按摩。她们的懂事和贴心，让我们觉得所有的付出都是值得的。

如今，大女儿已经五年级了，她对未来充满了期待和规划。她说她想考上一所好中学，将来还要去更大的城市读大学。小女儿也说，她要一直画画，画出世界上最美丽的风景。听着她们的梦想，我仿佛看到了未来的美好画卷正在徐徐展开。

我知道，在女儿们成长的道路上，还会有许多的挑战和困难。但我坚信，只要我们一家人相互支持、相互鼓励，就没有什么能够阻挡我们前进的步伐。我愿意做她们永远的避风港，为她们遮风挡雨；我愿意做她们人生道路上的引路人，为她们照亮前行的方向。

吾家有女初长成，她们是我生命中最璀璨的星辰，是我永远的骄傲和希望。我会用我的一生，去守护她们的笑容，见证她们的幸福。

陕北人与酒

陕北，这片广袤而厚重的土地，孕育了一群豪爽仗义、重情重义的陕北人。酒，在他们的生活中，不仅仅是一种饮品，更是一种情感的寄托，一种文化的传承。

陕北人的义气在酒桌上体现得淋漓尽致。兄弟之间，无论亲疏远近，只要相聚，必然是酒逢知己千杯少。你来我往，呼朋唤友，不醉不归。那酒桌上的氛围，热烈而真挚，仿佛所有的情谊都融入了这一杯杯酒中。大家推杯换盏，高声谈笑，没有丝毫的做作与掩饰。"感情深，一口闷，感情浅，舔一舔"，这句酒桌上的俗语，直白地表达了陕北人对感情的衡量标准。在他们看来，喝酒的态度就是对待友情的态度，爽快地一饮而尽，代表着真心实意，坦诚相待。

逢年过节，酒是必不可少的。春节时，一家人围坐在一起，桌上摆满了丰盛的菜肴，而酒则是增添喜庆氛围的主角。长辈们端起酒杯，祝福着晚辈们健康成长、事业有成；晚辈们则回敬长辈，感恩他们的养育之恩和关怀之情。在这团圆的时刻，酒化作了亲情的纽带，将一家人的心紧紧相连。

红白喜事，更是离不开酒。婚礼上，新人在亲朋好友的祝福声中，共饮交杯酒，象征着从此相伴一生，不离不弃。宾客们则开怀畅饮，为新人的美好未来而欢庆。而在葬礼上，酒则成为寄托哀思的一种方式。亲人们悲痛之余，以酒缅怀逝者，回忆着曾经的点点滴滴，酒入愁肠，化作无尽的思念。

　　陕北人的酒桌上，划拳和摇骰子是常见的喝酒方式。那一声声响亮的吆喝，一个个精彩的手势，不仅展现了他们的智慧和敏捷，更增添了酒桌的热闹气氛。"一点一个，哥俩好，三星高照，四季发财，五魁首……"划拳的口诀在空气中回荡，输者爽快喝酒，赢者笑声朗朗。摇骰子则更多了一份紧张与刺激，骰子在碗中翻滚，决定着胜负，也决定着谁将喝下那一杯杯辛辣而又甘甜的酒。

　　结婚满月，大摆筵席，那场面可谓壮观。满桌的佳肴令人垂涎欲滴，而四溢的酒香更是让人陶醉。宾主尽欢，人们在酒的作用下，忘却了平日的烦恼，沉浸在这欢乐的时刻。主家夫妇穿梭于席间，向宾客们敬酒，感谢他们的到来和祝福。大家喝得酩酊大醉，脸上洋溢着幸福的笑容。这不仅仅是一场宴席，更是一场情感的盛宴，酒让这份喜悦更加浓郁，更加持久。

　　若是遇上好年成，庄稼汉们那可真是乐开了花。辛苦了一年，终于迎来了丰收的时刻。他们会拿出珍藏的好酒，邀上邻里乡亲，共同庆祝。一壶烧酒下肚，那被太阳晒得黝黑的脸上泛起了红晕，满目的憧憬在话语中流淌。他们谈论着来年的播种计划，想象着更加美好的生活，酒让他们的希望变得更加清晰，更加坚定。

在那梁峁沟壑间，拦羊的汉子也不忘小酌几口。他们独自一人，守望着羊群，面对着广阔的天地，吼几声悠扬的信天游。那歌声在山谷中回荡，与风声、羊叫声交织在一起，构成了一曲独特的交响乐。而手中的烧酒，则成了他们与大自然交流的媒介，让他们在这孤独的时刻，感受到内心的温暖与力量。

陕北人与酒的故事，说不尽，道不完。酒，已经深深地融入他们的血液，成了他们性格的一部分。在酒中，他们找到了快乐，找到了安慰，找到了勇气。然而，酒对于陕北人来说，并非只是放纵和沉迷。它更多的是一种情感的释放，一种对生活的热爱，一种对未来的期待。

陕北人的豪爽与酒的热烈相得益彰。他们喝酒从不扭捏，从不做作，想喝就喝，想醉就醉。这种豪爽并非对自己身体的不负责任，而是一种对生活压力的宣泄，对真挚情感的表达。在繁忙的劳作之余，在琐碎的生活之中，一杯酒，能让他们忘却疲惫，重新找回内心的力量。

陕北人的坚韧也在酒中得以体现。这片土地并不富饶，生活在这里的人们经历了无数的风风雨雨。但他们从未放弃，从未屈服。就像那一杯杯烈酒，入口辛辣，但回味悠长。他们在艰苦的环境中，凭借着顽强的意志和不屈的精神，努力创造着美好的生活。而酒，成了他们在困境中坚持下去的动力，成了他们战胜困难后的庆祝。

陕北人的善良与酒的醇厚相辅相成。在酒桌上，他们对待朋友真诚热情，对待长辈尊重孝顺。他们愿意与他人分享自己的喜怒哀乐，愿意在别人需要帮助时伸出援手。这种善良如同酒的醇厚，让人感到温暖和安心。

然而，随着时代的发展，陕北人的酒文化也在悄然发生着变化。在现代社会的快节奏生活中，人们更加注重健康和理性饮酒。但无论如何变化，酒在陕北人心中的地位永远不会改变，那份对酒的热爱，对情谊的珍视，将永远传承下去。

如今，当你走进陕北，依然能感受到那浓郁的酒文化氛围。在古老的窑洞前，在热闹的集市上，在喜庆的婚礼中，酒的身影无处不在。它见证了陕北人的喜怒哀乐，见证了这片土地的兴衰变迁。

陕北人与酒，是一段动人的故事，是一种独特的风情。它让我们看到了陕北人的豪爽、坚韧、善良，也让我们感受到了这片土地的魅力与底蕴。愿这酒文化在岁月的长河中，继续流淌，继续传承，在这个小小的酒桌上，没有身份的高低贵贱之分，没有利益的纠葛纷争。有的只是朋友之间的真心相待，兄弟之间的患难与共。也许明天他们又将各自奔赴生活，但这一刻，他们的心紧紧相连，他们的情深深交融。

陕北的酒，不仅是一种饮品，更是一种精神的象征。它代表着陕北人对生活的热爱，对困难的不屈，对友情的坚守。在这一杯杯酒中，我们看到了陕北人的灵魂，感受到了他们的心跳。

随着旅游业的发展，越来越多的外地人来到陕北，体验这里的风土人情。而酒文化，无疑是最具吸引力的一部分。游客们在品尝陕北美酒的同时，也被陕北人的热情所感染。他们被邀请加入酒桌之中，感受那份独特的豪爽与真诚。

陕北人也以酒为媒，向外界展示着自己的文化和魅力。各种以酒为主题的活动应运而生，如酒文化节、酿酒工艺展示等。这些活动不仅促进了经济的发展，也让更多的人了解和喜爱上了这片神奇的土地。

然而，在酒文化传承的过程中，也面临着一些挑战。一些年轻人受到现代观念的影响，对传统的酒桌礼仪和习俗逐渐陌生；一些不良的饮酒习惯也给健康带来了隐患。如何在传承中创新，如何让酒文化更好地适应现代社会的发展，成了摆在陕北人面前的一个课题。

在未来的日子里，陕北人与酒的故事还将继续书写。也许会有新的篇章，也许会有新的挑战，但无论如何，酒都将是陕北人生活中不可或缺的一部分。酒是他们的根，是他们的魂，是他们永远的精神家园。

茶韵人生

喝茶，对于我来说，是从近两年开始的，并逐渐成了我生活中不可或缺的一部分。每日上班时，在忙碌的工作间隙，沏上一杯清香的茶，仿佛能驱散疲惫，让思绪更加清晰；周末与战友闲坐，煮一壶热气腾腾的茶，伴着欢声笑语，时光都变得格外温馨；就连开车出行，也要在杯座里沏上一杯热茶，路途的风景似乎也因这杯茶而增添了几分韵味。

初涉茶的世界，我只是跟着他人喝，感受着那淡淡的茶香和热闹的氛围。渐渐地，我开始主动去探索，购买各种各样的茶叶，尝试不同的品种和口味，慢慢领悟到茶的魅力所在。

茶，是有季节之分的。春饮花茶，可驱散冬日积聚在人体内的寒邪，促使人体阳气生发；夏饮绿茶，能清热解暑、生津止渴；秋饮青茶，可消除体内的余热，恢复津液；冬饮红茶，能生热暖腹，增强人体的抗寒能力。遵循着季节的节奏，品味着应季的茶香，让我更加贴近自然的韵律，感受着岁月的流转。

春天，万物复苏，大地充满了生机。此时，一杯芬芳的茉莉花茶是我的最爱。那洁白的花瓣与嫩绿的茶叶相互交织，在热水的冲泡下，缓缓绽放出迷人的香气。每一口都仿佛带着春天的清新与甜美，让人陶醉在这生机勃勃的氛围中。在忙碌的工作之余，轻抿一口茉莉花茶，仿佛能看到窗外的花朵在微风中轻轻摇曳，心中的压力也随之渐渐消散。

夏天，酷热难耐，一杯清凉的绿茶成了消暑的佳品。龙井、碧螺春等名优绿茶，叶片嫩绿，汤色碧绿清澈。当热水注入茶杯，茶叶如仙子般翩翩起舞，释放出的茶香清幽淡雅。端起茶杯，感受着那股清凉顺着喉咙滑下，瞬间燥热全消，身心都得到了极大的满足。夏日的午后，一杯绿茶，一本好书，便是一段惬意的时光。

秋天，天高云淡，气候干燥。此时，一杯温润的乌龙茶恰到好处。铁观音、大红袍等乌龙茶，既有绿茶的清香，又有红茶的醇厚。冲泡后的茶汤金黄明亮，香气馥郁持久。品尝一口，口感醇厚，回甘悠长，仿佛能滋润着每一个干燥的细胞，让人在渐凉的季节里感受到温暖与舒适。

冬天，寒风凛冽，一杯热气腾腾的红茶是最佳的伴侣。正山小种、祁门红茶等，汤色红浓，香气高长。那浓郁的茶香和醇厚的口感，犹如冬日里的暖阳，给人带来无尽的温暖和力量。在寒冷的冬日里，捧着一杯红茶，坐在窗前，望着外面的雪景，内心充满了宁静与安详。

除了季节的选择，喝茶的过程也是一种享受。泡茶的水温、时间、茶具的选择，每一个环节都影响着茶的口感和韵味。

在喝茶的过程中，我也结识了许多志同道合的朋友。我们会相聚在茶馆，一起品味新茶，交流心得。在茶香的氤氲中，我们分享着生活的喜怒哀乐，感受着彼此的真诚与温暖。茶，不仅是一种饮品，更是一种情感的纽带，连接着人与人之间的情谊。

记得有一次，我与一位好友在雨后的庭院中品茶。那是一款多年的普洱，茶汤红浓透亮，香气醇厚。我们静静地坐在石凳上，听着雨滴打在屋檐上的声音，品味着手中的茶。那一刻，时间仿佛静止了，整个世界只剩下我们和那杯茶。无须多言，彼此的心意都在那一口口的茶汤中传递。

喝茶，也让我学会了静下心来，品味生活中的点滴美好。在这个快节奏的时代，我们总是匆匆忙忙，忽略了身边的风景。而当我沏上一杯茶，坐在窗前，看着窗外的树叶随风飘动，听着鸟儿的歌声，我才发现，原来生活中有这么多美好的事物等待着我们去发现。

茶，是一种生活的态度，是一种对内心宁静的追求。它教会了我在喧嚣的世界中，保持一份清醒和淡定；在忙碌的生活中，不忘给自己留一片宁静的空间。

如今，喝茶已经成了我生活中的一种习惯，一种享受。无论是在工作的疲惫时刻，还是在与亲朋好友相聚的欢乐时光，一杯茶总是能给我带来温暖和安慰。我相信，在未来的日子里，我与茶的故事还将继续书写，它将陪伴我走过人生的每一个阶段，见证我成长的点点滴滴。

未来，我希望能有更多的机会去探索不同地区的茶文化，品尝更多的珍稀茶叶。我想去云南，感受普洱茶的古朴与醇厚；想去福建，领略铁观音的清香与韵味；想去杭州，品味西湖龙井的清新与高雅。每一种茶都承载着当地的风土人情和历史文化，通过品尝这些茶，我仿佛能够触摸到那些遥远而神秘的地方。

　　喝茶，不仅是一种口感上的享受，更是一种心灵的滋养。在这纷繁复杂的世界里，愿我们都能拥有一杯属于自己的茶，拥有一份宁静与平和的心境。让我们在茶香中，感悟人生的真谛，书写属于自己的精彩篇章。

土豆情怀

土豆学名马铃薯，别名山药蛋、洋芋、蛮蛮、洋山芋等，不同地区种植有了不同的名称。陕北的土地，贫瘠而坚韧，土豆却能在这片土地上顽强地生长。春天，当人们把一颗颗带着希望的土豆种埋进土地，就仿佛种下了对未来生活的期待。经过一季的风雨洗礼，到了秋天，便能收获满满一筐筐圆滚滚、胖乎乎的土豆。

陕北人吃土豆的方法可谓五花八门，蒸、焖、烤、炖、煎、炒、煮、炸……切块、切片、切丝、杵泥，总之一句话，想怎么吃就怎么吃。

母亲对待土豆，就像对待自己的孩子一样用心。她用灵巧的双手，将土豆变幻出无数种美味。最常见的，莫过于那道简单却无比美味的酸辣土豆丝。母亲将土豆切成细细的丝，在清水中浸泡去除多余的淀粉，然后在热锅中倒入油，放入辣椒、蒜片爆香，紧接着倒入土豆丝，快速翻炒。在出锅前，加上适量的醋和盐，那股酸辣的香气瞬间扑鼻而来。夹一筷子放入口中，土豆丝的脆爽，酸辣的味道，让人食欲大增，仿佛整个味蕾都被唤醒。

还有母亲做的黑愣愣也是一绝。她先将土豆去皮擦磨成沫状，去除淀粉后做成圆球状或是饼状，放入锅内蒸熟。其间，母亲会调制料汁或炒制一碗西红柿酱，出锅后母亲将黑愣愣切成小块即可蘸着食用。那味道，简直是人间美味。黑愣愣吃起来口感Q弹，带着土豆的香甜，料汁的辛辣更是锦上添花，刺激着味蕾，让人食欲大增。

大烩菜中的土豆也是不可或缺的主角。母亲会把土豆切成块，和猪肉、粉条、豆腐等食材一起放入大锅里炖煮。经过长时间的熬煮，土豆变得绵软入味，吸收了猪肉的油脂和其他食材的鲜美，入口即化，每一口都充满了家的味道。

烤土豆则是冬天里最温暖的美味。一家人围坐在火炉旁，母亲把土豆放进火炉下面的灰烬中，慢慢地烤着。等到土豆烤得外皮焦黄，香气扑鼻时，母亲用夹子把它们夹出来。我顾不得烫手，剥开烤焦的外皮，露出里面热气腾腾、金黄软糯的土豆，咬上一口，香甜的味道在口中散开，那一刻，幸福就是这么简单。

母亲还会用土豆制作各种特色小吃。比如土豆饼，把土豆蒸熟压成泥，加入面粉、葱花等调料，煎成金黄酥脆的饼，咬一口，外酥里嫩，香气四溢。还有土豆丸子，把土豆擦成丝，加入面粉和调料，搓成丸子蒸熟，再配上特制的酱料，口感爽滑，美味可口。

在陕北的一些传统宴席上，土豆也扮演着重要的角色。

比如"八大碗"中，就有一道以土豆为主料的菜肴，展现了土豆在陕北饮食文化中的重要地位。土豆在陕北的饮食文化中也扮演着重要的角色。无论是逢年过节，还是平日里的家常便饭，土豆总是餐桌上的常客。它不仅可以作为主食，也可以作为菜肴，为人们提供丰富的营养和能量。

在陕北的土地上，土豆是一种生命力顽强的作物。它不择土地的肥瘦，不惧气候的恶劣，只要有一把种子，一块土地，就能生根发芽，结出丰硕的果实。这就像陕北人民一样，坚韧不拔，吃苦耐劳，在艰苦的环境中依然能够创造出美好的生活。

在现代社会中，土豆的价值也得到了更广泛的认可。它富含淀粉、蛋白质、维生素等多种营养成分，被越来越多的人视为健康食品。同时，土豆的加工产品也越来越多样化，如薯片、薯条、土豆淀粉等，走进了千家万户，受到了人们的喜爱。然而，对于陕北人来说，土豆所代表的意义远远超出了它的营养价值和经济价值。它是家乡的象征，是亲人的味道，是童年的回忆，是无论走到哪里都无法割舍的牵挂。

在陕北，土豆既承载着这片土地的历史和文化，也承载着陕北人民的情感和记忆。它是大自然的馈赠，是生活的滋味，是永远无法割舍的家乡情怀。

在陕北，土豆就像那延绵不断的黄土高原一样，朴实无华却又深沉厚重。它见证了陕北的变迁，陪伴着陕北人民走过风风雨雨。在每一个陕北人的心中，都有一份关于土豆的独特记忆，那是关于家乡的味道，关于亲情的温暖，关于生活的酸甜苦辣。

当你品尝到陕北的土豆时，不妨静下心来，感受它所蕴含的那份深情和力量。或许，你也能从中体会到陕北人民的勤劳与善良，以及他们对生活的无限热爱。

如今，随着农业技术的不断进步，陕北的土豆种植也迎来了新的发展机遇。新品种的引进、科学的种植方法，让土豆的产量和质量都有了显著的提高。这不仅为陕北人民带来了更好的经济效益，也让更多的人品尝到这美味的土豆。

在陕北，土豆不仅仅是一种食物，更是一种文化的传承，一种精神的象征。它代表着陕北人民对生活的热爱、对未来的希望，以及那份深深扎根在黄土地上的坚定信念。它就像一首悠扬的信天游，唱响在黄土高原的每一个角落；又像一幅绚丽的画卷，展现着陕北人民的生活百态。它不仅仅满足了人们的味蕾，更传递了一种情感，一种力量，让每一个品尝过它的人都能感受到陕北的魅力和精神。

随着旅游业的兴起，越来越多的游客来到陕北，体验这里的风土人情。而土豆美食也成了吸引游客的一大亮点。游客们在品尝美食的同时，也了解了陕北的历史和文化，使陕北的独特魅力传播得更远。

烟花三月到长安

烟花三月，春光烂漫，我陪着妻子踏上了前往西安复查病情的旅程。妻子患有甲状腺疾病，十年前在宁夏医科大学附属医院手术，此后每年的复查便成了我们生活中的一个重要日程。

清晨，天色微亮，我们从定边出发，乘车大约一个小时到达盐池县惠安堡，准备搭乘高铁前往西安。在前往高铁站的路上，我的心情有些复杂，既担忧妻子的病情，又期待着这次出行能给我们带来一些美好的回忆。

登上高铁，列车飞驰，窗外的风景如一幅幅流动的画卷。高铁经过环县时，那连绵起伏的山峦，在晨雾的笼罩下若隐若现，仿佛是大自然随意勾勒出的水墨丹青。庆城的田野里，金黄色的油菜花成片绽放，像给大地铺上了一层金色的地毯。庆阳的村庄错落有致，炊烟袅袅升起，充满了生活的气息。宁县的小河边，垂柳依依，嫩绿的柳枝随风飘舞，仿佛在与我们的列车赛跑。郴州东的果树林，繁花似锦，一片生机勃勃的景象。乾县的麦田，绿油油的一片，预示着丰收的希望。

礼泉南的小镇，宁静而祥和，让人感受到了一种远离尘嚣的宁静。咸阳北的高楼大厦逐渐多了起来，展现了城市的发展与繁荣。

一路上，妻子的心情还算不错，时不时地指着窗外的景色与我分享她的感受。看着她的笑容，我的内心也稍稍放松了一些。经过几个小时的车程，我们终于抵达了西安北。

走出高铁站，我们乘坐地铁前往预订的酒店。安顿好行李后，稍作休息，便前往西京医院给妻子复查。医院里人来人往，每个人的脸上都带着或焦急或期待的神情。我们排队、挂号、检查，一系列的流程下来，虽然有些疲惫，但妻子一直表现得很坚强。

复查结束后，结果还算令人欣慰，病情稳定，只需要继续保持良好的生活习惯和定期复查。那一刻，我心中的大石头终于落了地。

夜幕降临，华灯初上，我们来到了大唐不夜城。这里灯火辉煌，热闹非凡，仿佛穿越回了唐朝的盛世。街道两旁的仿古建筑美轮美奂，屋檐下的红灯笼随风摇曳，散发出温暖的光芒。身着古装的人们来来往往，有的手持折扇，有的头戴发簪，仿佛从历史中走来。街头的艺人表演着精彩的节目，有杂技、舞蹈、音乐，引得观众们阵阵喝彩。我们手牵手漫步在这繁华的街道上，感受着这浓郁的文化氛围，妻子的脸上洋溢着幸福的笑容。

第二天，我们又去了西安回民街。这里充满了各种美食的香气，吆喝声此起彼伏。羊肉泡馍、凉皮、肉夹馍、甑糕……让人目不暇接，垂涎欲滴。我们品尝着美食，感受着这座城市独特的韵味。随后，我们来到了钟楼。钟楼庄重而威严，矗立在城市的中心，见证着西安的历史变迁。站在钟楼上，俯瞰着整个西安城，车水马龙，川流不息。接着，我们又登上了西安城墙。城墙宽阔而坚固，走在上面，仿佛能听到古时金戈铁马的声音。

快乐的时光总是短暂的，第三天，我们乘坐高铁原路返回。在归途中，我望着窗外，思绪万千。这一次的西安之行，不仅是一次复查之旅，更是一次心灵的慰藉和放松。我深知，未来的日子里，每年我们都会来西安，为妻子的健康把关，也会一起继续在这座古老而充满魅力的城市里留下我们的足迹。

在以后的日子里，每一年的三月份，我们都会如期踏上前往西安的旅程。每一次的复查，都像是一次对生活的考验，而我们始终相互扶持，坚定地走下去。

有一年，复查的前一天，西安下起了小雨。雨滴打在窗户上，发出清脆的声响。妻子有些担心第二天的检查会受到影响，我安慰她："别担心，雨过天晴，一切都会好的。"第二天，果然如我所说，天空放晴，阳光洒在大地上，温暖而明媚。我们顺利地完成了复查，病情依旧稳定。

还有一年，我们在西安遇到了一位热心的出租车司机。他听闻我们是来复查的，一路上给我们讲述了许多西安的变化和发展，还推荐了一些我们不知道的好去处。他的热情让我们感受到了这座城市的温暖。

年复一年，西安的每一个角落都留下了我们的身影和回忆。我们见证了大唐不夜城越来越精彩的表演，回民街不断推陈出新的美食，钟楼和城墙在岁月中的坚守。而这座城市，也见证了我们的故事。

随着时间的推移，妻子的身体状况越来越好，我们对未来充满了希望。每年的三月份，去西安复查不再是一种负担，而是一次期待已久的旅行。我们在旅途中感受着生活的美好，也更加珍惜彼此的陪伴。

或许，生活就是这样，有风雨，也有阳光。但只要我们心中有爱，有信念，就能走过每一个艰难的时刻，迎接属于我们的幸福。而西安，这座古老而又充满活力的城市，将永远是我们生命中的一个重要站点，记录着我们的坚持和希望。

未来的路还很长，我们会继续携手前行，在每一个烟花三月，奔赴长安，续写属于我们的故事。

兵与树

"一棵呀小白杨，长在哨所旁。根儿深，干儿壮，守望着北疆……"这首由著名军旅歌唱家阎维文演唱的《小白杨》，多少年来，一直被广为传唱，经久不衰。

白杨树，本是普通得不能再普通、平常得不能再平常的树种，为何如此受青睐？因为，它种在边疆、长在边疆，饱含着边疆军人特殊的情感。

在边疆，兵与树的感情，是许多没有到过边疆的人无法理解的。曾有这样一个真实的故事：一位战士从遥远的边关来到山下，当他看到第一棵树的时候，竟抱着树失声痛哭。这不是伤心而是兴奋，是对沉积已久的寂寞的释放。在天山深处，你走进戍边官兵的宿舍，常会发现盆里种的大多不是花而是树，甚至是草。或许有的连花盆都没有，一个吃完罐头的盒子、一只用过的一次性纸杯，都被派上了用场。树不求名贵，只求好活。

在边疆，兵与树是朋友。有边疆的地方，就会有兵的足迹。兵驻扎边疆、守卫边疆，维护和平，向往绿色。于是，植树种草是一代一代戍边军人的接力任务。在边疆军营里，一个连队、一个哨所，就是一块树木集聚地；在边疆军营里，一棵白杨、一盆树苗，都是一个绿意盎然的憧憬。在天山深处边疆，自然条件不同、环境气候各异，但驻守在那里的官兵却都有一样的情愫：植绿播绿，让绿满边关。这种情愫，日复一日，年复一年，一代一代官兵矢志不移，从未改变。

在边疆，兵爱树爱得深沉，在兵的眼里，有兵的地方就有树；兵爱树爱得真切，为了种活树，他们的工作细致入微，再苦再累也在所不惜。多少年来，不知有多少官兵到几公里甚至几十公里外挑水浇树；风大天寒的地方，又有多少人为树搭建挡风墙，给树缝起"保暖衣"……

边疆的树，需要用心去认识。用心读懂一棵树，就是在读懂军人的价值；用心拥抱一棵树，就是拥抱军人的境界；用心品尝一片树叶，就是在品尝军人的生活。你走进了边疆的树，就走进了边疆军人的心。在军人的精神世界里，树永远是沉默的战友。

其实，边疆的树就是边疆军人的写照。正像老舍《猫城记》所说：心是一棵树，爱与希望的根须扎在土里，智慧与情感的枝叶招展在蓝天下。无论是岁月的风雨扑面而来，还是滚滚尘埃遮蔽了翠叶青枝，它总是静默地矗立在那里等待，并接受一切来临，既不倨傲，也不卑微。

后　记

在时光的长河里缓缓行舟，终有一刻，我们会遇见那些被岁月温柔以待的岸。对于我而言，2016 年的那个冬天，不仅是季节的更迭，更是生命轨迹的一次深刻转折——从军营的钢铁纪律中抽身，踏上了回归故乡的黄土路，心中满载着对过往的感怀与对未来的憧憬。这本散文集《回望白于山》，便是在这样的心境下，一字一句，如涓涓细流，汇聚成了对陕北黄土高原无尽的思念与赞歌。

在这本散文集缓缓合上之际，我仿佛又一次穿越了时空的长廊，回到了那片生我养我的黄土地——陕北黄土高原的白于山脚下。这里的每一寸土地，每一缕风，都承载着我无尽的思念与深情，它们不仅是地理上的坐标，更是心灵的归宿，情感的源泉。

陕北，这片被历史风霜雕刻的土地，它的每一寸肌肤都蕴含着厚重的文化与不屈的精神。白于山，这座横亘在心中的巍峨，不仅是我童年的守护者，更是我灵魂的归宿。

每当夜深人静之时，闭上眼，便能清晰地看见那片广袤无垠的黄土高原，在阳光下泛着金色的光芒，仿佛能听见远处牧羊人的歌声，悠扬而苍凉，穿越岁月的长廊，直击心灵最柔软的地方。

我的散文集，便是在这样的情感驱使下，一笔一画地勾勒出了记忆中的故乡。那些关于黄土、关于山峦、关于河流的描写，不仅仅是对自然景观的再现，更是内心深处情感的倾泻。每一篇文章，都像是一封写给故乡的情书，字里行间，藏着对这片土地深沉的爱与眷恋。

在这片古老而又年轻的土地上，人，是最美的风景。我的散文中，不乏对故乡人物的刻画与追忆。从村头的老榆树下，那位总是笑眯眯地讲述着古老传说的老人，到田间地头，辛勤劳作、用汗水浇灌希望的父老乡亲；从儿时玩伴的欢声笑语，到家族长辈们的谆谆教诲：每一个形象都如此鲜活，仿佛就在昨日。

他们，是黄土高原上最质朴的儿女，用自己的方式诠释着生活的真谛。在他们的故事中，我看到了坚韧不拔、乐观向上的精神风貌，感受到了那份对土地的深情与敬畏。这些人物剪影，不仅丰富了我的散文内容，更让我的文字充满了温度与力量。

亲情，是我在外漂泊多年最坚实的依靠。转业归乡后，能够再次依偎在家乡父老乡亲的身边，享受那份久违的温暖与安宁，是我最大的幸福。在《回望白于山》中，我特意为亲情留下了浓墨重彩的一笔，这也是我最想诉说的主题。那些淳朴善良的乡亲，用他们的勤劳与智慧，编织着属于自己的生活篇章。他们或许没有华丽的辞藻，却能用最质朴的语言，讲述着最动人的故事。我的爷爷奶奶，便是其中的代表。他们一生用勤劳的双手在黄土高原上开垦出了一片片肥沃的土地，养育了一代又一代人。他们的身影，早已深深地烙印在我的心中，成为我生命中最宝贵的记忆。而亲情，也是我心中最柔软的部分。那些与家人共度的时光，无论是节日里的欢声笑语，还是平凡日子里的默默关怀，都如同温暖的阳光，照亮了我前行的道路。

每一次提笔，都是对亲情的一次深情回望。我试图用文字捕捉那些平凡日子中的闪光点，将它们永远镌刻在记忆的深处。因为我知道，无论未来我走到哪里，这份亲情都将是我最宝贵的财富，指引着我前行的方向。

童年，是每个人心中最纯洁无瑕的角落。在《回望白于山》中，我花了大量篇幅去描绘那些关于童年的美好回忆。从夏日午后，与小伙伴们追逐嬉戏于村头的小河旁，到冬日雪后，一起堆雪人、打雪仗的欢声笑语；从偷吃邻家果园里的果子，到夜晚围坐在火堆旁听爷爷讲鬼故事时的胆战心惊……这些点点滴滴，构成了我童年最宝贵的记忆。

每当我回想起那些无忧无虑的日子，心中便充满了温暖与甜蜜。虽然时光已逝，但那份纯真与快乐却永远留在了我的心底，成为我人生旅途中最宝贵的财富。

转业归乡，对我而言，既是一次人生的转折，也是一次心灵的回归。在这片生我养我的土地上，我找到了属于自己的根与魂。通过这本散文集《回望白于山》，我不仅记录下了自己的所见所感，更表达了对故乡深深的热爱与敬意。

展望未来，我希望能继续用自己的笔，记录下更多关于家乡的故事，传递出这片土地上的正能量与美好。同时，我也期待能够与更多志同道合的朋友一起，为故乡的发展贡献自己的一份力量。因为在这片黄土高原上，我们每一个人都是历史的见证者，更是未来的创造者。

这本散文集，是我对陕北黄土高原、白于山以及那些温暖记忆的深情回望。它不仅仅是对过去的记录与缅怀，更是对未来的期许与展望。希望通过我的文字，能够成为连接过去与未来的桥梁，让更多人感受到陕北黄土高原的独特魅力与深厚底蕴。

（二〇二四年十月定稿于定边园丁佳苑小区）